A merced del millonario

Cathy Williams

Bianca™

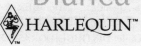

HARLEQUIN™

Editado por HARLEQUIN IBÉRICA, S.A.
Núñez de Balboa, 56
28001 Madrid

I.S.B.N.: 978-84-671-6621-7
Depósito legal: B-43845-2008
Editor responsable: Luis Pugni
Preimpresión y fotomecánica: M.T. Color & Diseño, S.L.
C/. Colquide, 6 portal 2 - 3º H. 28230 Las Rozas (Madrid)
Impresión y encuadernación: LITOGRAFÍA ROSÉS, S.A.
C/. Energía, 11. 08850 Gavá (Barcelona)
Fecha impresion para Argentina: 8.6.09
Distribuidor exclusivo para España: LOGISTA
Distribuidor para México: CODIPLYRSA
Distribuidores para Argentina: interior, BERTRAN, S.A.C. Vélez
Sársfield, 1950. Cap. Fed./ Buenos Aires y Gran Buenos Aires,
VACCARO SÁNCHEZ y Cía, S.A.
Distribuidor para Chile: DISTRIBUIDORA ALFA, S.A.

Capítulo 1

GEORGIE miró el edificio de cristal y decidió allí mismo y en ese preciso instante que aquélla era la última vez que se dejaba dominar por un impulso. Aunque el impulso hundiera sus raíces en motivos perfectamente razonables.

La única parte aceptable de su tortuoso viaje había sido el trayecto en taxi desde la estación, adonde llegó procedente de Devon; pero también terminó de malas maneras, porque el taxista la dejó fuera de la barrera de seguridad y no le hizo caso alguno cuando le rogó que esperara unos minutos por si su grupo no estaba allí.

No sabía qué hacer. El edificio parecía lleno de cámaras de vigilancia y de guardias, todo pensado para impedir que la chusma se colara en su establecimiento ridículamente caro. Como si alguien que estuviera en su sano juicio quisiera entrar en un gimnasio. La mayoría de sus conocidos se pasaba la vida intentando evitarlos.

Además, hacía frío. Y los ruidos de su estómago indicaban que debía comer tan pronto como fuera posible; había tomado un bocadillo, pero pequeño, a toda prisa y cuatro horas antes.

Respiró a fondo y caminó hacia la puerta giratoria. Eran las siete y cuarto y cualquiera habría dicho que en aquel edificio sólo había hombres: bajos, altos y gordos; aunque por supuesto, ninguno era el que buscaba.

Georgie divisó al grupo de jóvenes de cuerpos perfectos que estaban en recepción, en un mostrador de forma circular. Pensó que vigilaban la puerta como perros de presa y avanzó hacia ellos con cautela.

No parecían ocupados con nada importante, pero pasaron varios segundos antes de que uno de ellos, una joven de cabello muy rubio y aspecto de animadora, arqueara una ceja y preguntara si le podía ser de ayuda. Por la expresión de su cara, Georgie tuvo la impresión de que se lo había dicho sin apartar un dedo del botón de la alarma.

Estuvo a punto de responder que ella era profesora de educación primaria y que no iba a permitir que una niñata metida en un atuendo de licra la intimidara. Pero contestó de un modo bien distinto.

–Sí, espero que sí... De hecho, yo...

–¿Quiere saber si hay plazas? No hay nada disponible hasta dentro de ocho meses.

–No, ni mucho menos. No he venido por eso.

La ceja arqueada ascendió unos milímetros más.

–¿Entonces?

–Estoy buscando a... a uno de sus miembros.

La rubia soltó un suspiro largo e impaciente y miró la hora.

–Me temo que no puedo ayudarla. Nuestros socios vienen a relajarse en un ambiente muy selecto. Lo último que necesitan es el incordio de alguien a quien no desean ver. Tendré que pedirle que se marche.

La recepcionista giró la cabeza hacia su supervisora, que era como ella pero en versión más vieja, y Georgie comprendió que le iban a soltar a toda la jauría. Sin embargo, sacó fuerzas de flaqueza y se dirigió a la mayor, de unos treinta y tantos años:

–Debo insistir en que me permitan ver al señor Newman.

Lo dijo con su mejor voz de profesora, la que dedicaba a los alumnos cuando quería subrayar que sus órdenes no admitían discusión y que estaba dispuesta a castigarlos. Con los niños de cuatro años no fallaba nunca; y desde luego, la mujer se puso tensa. Pero un segundo después, cuando llegó su reacción, supo que no se debía a su tono de voz sino a la mención del apellido.

–¿Se refiere al señor Pierre Christophe Newman?

–Me sorprende que recuerde su nombre completo. Creía haber entendido que su establecimiento está hasta los topes de gente.

Georgie no pudo evitar el sarcasmo. Aunque a decir verdad, no le sorprendía en absoluto. Pierre Christophe era un hombre que impresionaba a cualquiera, a no ser que se hubiera crecido con él; en tal caso, su efecto no era el mismo.

La mujer se puso nerviosa, pero contuvo su nerviosismo. Le informó de que el Highview no estaba lleno de gente y le explicó que simplemente intentaban mantener un control sobre el número de socios para mantener el carácter selecto del lugar.

–Algunos de nuestros socios son personas extremadamente importantes y ricas –afirmó con aire de suficiencia–. Saben que aquí pueden venir a relajarse, lejos de sus complicaciones laborales, y nosotros tenemos la obligación de impedir que los molesten. Ni las instalaciones del gimnasio ni la piscina ni el resto de los servicios que ofrecemos están llenos nunca. De hecho, nos gusta pensar que el Highview es un simple lugar de descanso.

Georgie escuchó a la mujer con atención y pensó que sonaba aburrido. Un montón de millonarios mimados que se alejaban del mundo, como si sólo pudieran relajarse cuando estaban entre miembros de su misma clase social.

Supuso que Pierre encajaba bien en aquella descripción. Le recordaba como un hombre acostumbrado a que los demás se sometieran a él y tan rico que muy pocas veces se aventuraba a salir de su crisálida. Sólo tenía que chascar los dedos para que sus deseos se cumplieran. Todo lo contrario a Didi.

Al recordar el motivo que la había llevado a Londres, alzó una mano y puso punto final al discurso de la recepcionista jefe.

–Me parece muy bien, pero no estoy interesada en ser socia de su establecimiento. Estoy aquí porque necesito ver urgentemente a Pierre. Si puede indicarme dónde lo puedo encontrar, iré yo misma; si prefiere que vayan a buscarlo, esperaré.

–A nuestras instalaciones sólo pueden pasar los socios.

–Entonces esperaré. Dígale que Georgie... que Georgina necesita hablar con él.

–¿Puedo preguntar para qué?

–Puede preguntarlo, pero me temo que no contestaré. Es un asunto de carácter personal.

Georgie se contuvo y no rompió a reír cuando la mujer hizo un esfuerzo evidente por controlar su curiosidad. Al pobre Pierre no le habría hecho gracia que la gente hiciera conjeturas a sus espaldas sobre algún secreto oscuro y escabroso de su vida. A fin de cuentas, siempre había carecido de sentido del humor; por lo menos, delante de ella.

Básicamente, sus recuerdos de Pierre se limitaban a su talento para la desaprobación y a su atractivo, ya excepcional cuando él sólo era un jovencito y ella una preadolescente que todavía estaba experimentando con el carmín y los sostenes. En aquella época, él desaprobaba todo lo que se podía desaprobar en la pequeña localidad de Devon donde habían crecido, y no hacía el menor intento por guardarse sus opiniones.

Desaprobaba una forma de vida tan lenta que rozaba lo estático; desaprobaba a sus padres y su forma de ser, que le parecía hippie; desaprobaba a cualquiera que no compartiera con él la ambición de marcharse de allí tan rápidamente como fuera posible y de tener éxito en la ciudad. Ya habían pasado bastante más de diez años desde que se fuera a Londres, y sus viajes a Devon se volvieron más infrecuentes con el tiempo.

Tres años antes, cuando murió su padre, asistió al entierro e incluso se quedó quince días para asegurarse de que su madre estaba bien. Vendió la granja, aunque con una frialdad desconcertante teniendo en cuenta que había vivido media vida en ella, y compró una casa cerca del centro de la localidad para que su madre pudiera ir de compras a pie. Pero Georgie tuvo la impresión de que ardía en deseos de quitarse el problema de encima y marcharse a la capital. Desde entonces había ido varias veces a ver a su madre. Y ella hacía todo lo posible por mantenerse alejada de su camino.

Al pensar en ello, Georgie se maldijo por vez enésima. Era demasiado impulsiva. Se lanzaba a las cosas de cabeza y sin pensárselo dos veces.

La rubia de recepción le dijo en ese momento que enviaría a alguien a buscar al señor Newman. Añadió que todo aquello era terriblemente inconveniente y puntualizó que, en caso de que el señor Newman no quisiera verla, la acompañarían fuera del edificio. Era la política de la empresa.

Georgie tuvo que hacer un esfuerzo para recordarse que la mujer sólo estaba haciendo su trabajo.

Mientras esperaba en uno de los sillones rojos que habían dispuesto alrededor de una mesa de cromo, llena de revistas que hablaban de las virtudes del gimnasio, aprovechó la ocasión para mirar a su alrededor.

Evidentemente, estaba en la zona de espera que dedicaban a los mensajeros y al resto de los que no tenían el privilegio de poder traspasar el torniquete mágico. Detrás del mostrador de recepción había un vestíbulo con suelos de mármol, una escalera que presumiblemente llevaba al gimnasio y un corredor. Supuso que el último daba a las piscinas y a las canchas, o incluso a alguna sala selecta donde unas cuantas clones de la rubia se dedicarían a aliviar la tensión de los ejecutivos.

Pierre apareció de repente y se plantó ante ella con una toalla encima de los hombros. La mirada de Georgie pasó por todo su cuerpo hasta llegar a sus ojos, azules como los de su padre, y a su cabello negro, como el de su madre argelina. Estaba mojado y llegó a la conclusión de que lo había interrumpido mientras nadaba.

–¿Qué estás haciendo aquí, Georgina? –preguntó, frunciendo el ceño–. Clarice me ha dicho que tenías que hablar conmigo urgentemente. ¿Le ha pasado algo a mi madre? Hablé con ella el fin de semana pasado y me pareció que estaba bien... ¡Bueno, no te quedes ahí como un pasmarote! ¿Qué diablos ocurre?

Como Georgie se había mantenido lejos de él durante sus visitas a Devon, había olvidado lo intimidante que podía ser en las distancias cortas.

Para empezar, era un hombre alto; medía más de metro ochenta y cada centímetro de su cuerpo, desde los músculos hasta su atractiva cara, rezumaba amenaza. Pero poseía una belleza increíble. Tenía una estructura ósea perfecta y el tipo de presencia que hacía que las mujeres se volvieran para mirarlo y echar un segundo vistazo.

Sin embargo, Georgie siempre se había considerado inmune a su estilo contundente y sensual. En sus ojos azules sólo veía frialdad; y en su boca, crueldad subyacente.

–No hace falta que grites, Pierre.

–No estoy gritando. Te estoy haciendo una pregunta perfectamente civilizada –dijo, mirándola con impaciencia–. No tengo mucho tiempo para descansar, y lo último que necesito es que alguien interrumpa mi descanso y ni siquiera me explique la razón. Si tienes algo que decir, dilo de una vez.

Georgie se levantó y lo miró a los ojos.

–Veo que las cosas no han cambiado. ¡Sigues siendo el hombre más grosero que he conocido en toda mi vida!

–Dime algo que no sepa. Si no recuerdo mal, me has acusado de lo mismo a lo largo de los años; y la última vez, cuando fui a Devon para asistir al entierro de mi padre. Mientras los demás presentaban sus respetos, tú te dedicaste a llamarme desconsiderado. Pero en fin, no importa. Dime lo que sucede.

–No quiero discutir contigo. Didi está bien. Bueno, más o menos.

–¿Más o menos? ¿Qué insinúas?

–¿Hay algún lugar donde podamos hablar en privado? Sé que estabas ocupado con tu ejercicio, pero me he molestado en venir desde Devon y... bueno, ha sido un viaje terrible. Retraso en Plymouth, un bocadillo terrible en el tren, fallos mecánicos por todas partes, un taxista desquiciado y un montón de llamadas a tu secretaria para averiguar dónde te habías metido. Ha sido peor que un dolor de muelas. ¿Qué le pasa a tu secretaria, por cierto? Debería ingresar en el servicio secreto.

–Natalie sabe que no me gusta que me molesten cuando estoy en el gimnasio.

Pierre se tranquilizó un poco y pensó que tal vez estaba siendo demasiado duro con ella. Pero Georgie lo irritaba profundamente; detestaba su tendencia a juzgar a los demás y su manía de decir lo primero que se le pasaba por la cabeza sin tener datos suficientes para poder hablar. Él prefería a las mujeres equilibradas, capaces de opinar con conocimiento de causa y de provocar debates sanos; de hecho, se consideraba un hombre de su tiempo y siempre apoyaba a las mujeres inteligentes y capaces en el trabajo. Desgraciadamente, Georgie se encontraba en el extremo opuesto de la línea y en general no la soportaba más de dos minutos.

–Sí, ya me he dado cuenta de eso –dijo ella–. He tardado media hora en sacarle la información que necesitaba.

–¿Y qué le has dicho?

–Que me había casado contigo este fin de semana, en secreto. Y he dejado caer el nombre de Didi para que la historia resultara más verosímil –respondió–. Una simple broma, como ves...

–Sí, hilarante –se burló–. En el gimnasio hay una cafetería. Podemos hablar allí.

Pierre giró en redondo y se alejó. Ella lo siguió y nadie se opuso esta vez a que entrara en el establecimiento. No se podía negar que aquel hombre tenía influencias. Caminaba y todas las puertas se abrían a su paso. Casi era normal que se sintiera irritantemente superior a los demás.

–Me extraña que me hayan dejado entrar –dijo Georgie sin aliento, mientras intentaba seguir su paso–. Los responsables de este sitio son bastante desagradables. ¿Reciben alguna formación especial para ser tan maleducados?

Pierre contempló su cabellera rubia y redujo el paso.

—Casi todos los socios del club son personas con vidas altamente complicadas. Éste es su santuario. No quieren que nadie les interrumpa para hablar de algo relacionado con sus ocupaciones.

—¿Es que eso ocurre todos los días? ¿Justifica tener un ejército de clones rubias que se lanzan al cuello del primero que pasa?

—Te sorprenderías de lo habitual que es.

Pierre prefirió no decir que las recepcionistas habrían sido menos desconfiadas si ella se hubiera presentado con una indumentaria menos desaliñada y excéntrica. Llevaba unas botas de ante, sin tacón; unos leotardos negros; una especie de poncho del mismo color y algo rojo, pero indistinguible, por debajo.

Cuando llegaron a la cafetería, Georgie se quedó impresionada. Por lo visto, estaban las cafeterías normales y las de ricos y poderosos, que pertenecían a otro mundo. Aquel lugar no tenía nada de aséptico o de industrial.

—Nunca había visto tanto cuero negro fuera de una tienda de muebles —declaró, mirando a su alrededor.

En la sala, enorme, sólo había un puñado de personas. Y todas estaban leyendo el periódico.

—¿Qué te apetece tomar? ¿Café? ¿Té?

—Té, gracias.

—Te advierto que aquí sólo tienen productos sanos. No sirven esas cosas que te ponen en los bares.

Unos minutos después, Georgie estaba sentada frente a una taza de té aromático. Todavía no lo había probado, y sospechaba que sabría a agua de lavavajillas.

–Muy bien. ¿Ahora vas a contarme lo que haces aquí, Georgie? ¿Qué has querido decir con eso de que mi madre está más o menos bien? Si está enferma, no puedo perder el tiempo con conversaciones sin sentido.

Pierre probó su café y la miró con frialdad por encima de la tacita. Georgie se quitó el poncho y él pudo ver que lo que llevaba debajo era un jersey de colores brillantes, donde el rojo sólo era uno más.

–Menudo jersey –dijo él–. ¿Es que un pintor se ha dedicado a darle brochazos?

–Uno, no; varios. Y éste es el resultado... es el regalo que me hicieron mis alumnos en las navidades pasadas. Si miras más de cerca, verás que son trazos de niños de cuatro años y que debajo de cada dibujo pusieron su nombre. Adorable, ¿no te parece?

Pierre gruñó.

–Inusual –puntualizó–. Pero estabas hablando de mi madre.

–Se encuentra bien.

Georgie probó un sorbito de té y dejó la taza a un lado, asqueada. En ese momento cayó en la cuenta de un detalle extraño; aunque conocía a Pierre desde su infancia, aquélla era la primera vez que mantenían una conversación en privado. En el pasado siempre había habido algún amigo, algún conocido o familiar, cerca de ellos; y en los últimos años se habían visto muy poco. Cuando falleció su padre, Didi perdió interés por organizar las fiestas que la habían hecho famosa.

Ahora notaba cosas que había pasado por alto. Pierre era tan arrogante como recordaba, pero también vigilante, como si no hubiera movimiento o palabra que pudiera escapar a su atención. Y eso la ponía tan nerviosa que tuvo que esforzarse para dejar de juguetear con la taza o con su pelo.

Por su silencio, supo que estaba esperando a que continuara.

—Didi no ha sido la misma desde que sufrió el conato de infarto del año pasado.

Pierre frunció el ceño.

—El médico me aseguró que se recuperaría totalmente. Y no necesito recordarte que es el mejor profesional en su especialidad.

—Y es verdad que se ha recuperado...

—Entonces, ¿a qué viene todo esto?

Pierre miró la hora. Como siempre, estaba muy ocupado; debía enviar unos mensajes importantes de correo electrónico en cuanto volviera a casa, y por la noche había quedado con Jennifer.

—Veo que he llegado en mal momento —dijo ella con frialdad.

—No habría sido tan mal momento si me hubieras avisado de tu visita con antelación. Lo creas o no, llevo una vida bastante complicada.

—Te habría avisado, pero he venido por un impulso.

—Típico de ti.

—¿Qué quieres decir con eso?

Pierre observó su rebelde cabello rubio, su ropa extraña y sus grandes ojos verdes, que casi siempre lo miraban con condena moral.

–No alcanzo a comprender cómo consigues mantener tu empleo, Georgie.

–Y yo no entiendo cómo puedes divertirte, Pierre.

–Ya lo has vuelto hacer. ¿Lo ves? Hablas sin pensar.

–Si tú me dedicas los primeros calificativos que se te ocurren, ¿por qué no voy a hacer lo mismo contigo? –preguntó ella, molesta–. Además, que sea una mujer impulsiva no significa que también sea una irresponsable.

–¿Cómo están las gallinas, Georgie?

Georgie lo miró. En efecto, tenía gallinas. Cuatro en total, que se dedicaban a cacarear alegremente en el jardín y que le daban un suministro constante de huevos. A Pierre siempre le había parecido muy peculiar, y le extrañaba que todavía no se hubiera referido al huerto donde cultivaba todo tipo de verduras, desde judías a zanahorias. Sólo había estado una vez en su casa, pero había sido suficiente para que llegara a la conclusión de que ella era una especie de maniática que vivía completamente al margen del siglo XXI.

–Las gallinas están perfectamente, Pierre.

–¿Y tu estilo autosuficiente de vida? –preguntó con sarcasmo.

–¡Eres irritante!

–Lo sé. Ya me lo habías dicho.

Pierre sonrió y ella se ruborizó y lo miró con ira.

–Llevar una vida tan sana como sea posible es una simple cuestión de sentido común...

–Oh, ahórrame el discurso. He pasado años soportando el de mis padres y lo conozco de sobra. No necesito que me lo recuerden.

–Pues no veo qué tiene de malo. Plantar tus propias verduras y hacerlo al estilo tradicional sirve para que tu organismo no termine envenenado con fertilizantes –le recordó–. En serio, Pierre, no sé cómo puedes hacer todo esto.

–¿Todo esto? ¿Qué quieres decir?

–Todo esto –repitió–. Un gimnasio caro, un piso de lujo en pleno centro de la ciudad... ¡Pero si te has criado en una granja!

–Disculpa, pero yo crecí en un internado. En la granja sólo pasaba las vacaciones, y fue suficiente para que me diera cuenta de que ésa no era la vida que quería llevar. Pero no has venido para hablar del pasado, ¿verdad, Georgie? Por muy impulsiva que seas, no es posible que lo seas tanto.

–Bueno, es que...

Pierre reconoció su inclinación de cabeza, su forma de apartar la mirada y de echarse hacia atrás en el asiento. Su actitud sólo podía significar una cosa: que necesitaba dinero y que estaba allí para pedírselo. Pero había olvidado que los mendigos debían mostrarse más atentos y humildes con las personas a quien pedían ayuda.

Una Georgie humilde. La idea le pareció tan atractiva que decidió dejar que se cociera en su propia incomodidad y la miró con interés.

–Es que... –repitió ella.

Él se inclinó hacia delante y frunció el ceño.

Ella suspiró.

–Este té es repugnante –continuó–. ¿Lo has probado alguna vez? Es terrible... ¿Podrías pedirme un café con leche? Hace años que no me tomo un buen café...

Pierre podía reconocer una táctica dilatoria en cualquier circunstancia. Así que se olvidó de los mensajes que tenía que enviar y asintió.

–Por supuesto.

–Sé que probablemente tienes prisa...

–Tómate tu tiempo, Georgie. Iré a buscarte el café y tal vez algo de comer. Hacen unos bollitos de frutas y salvado que seguro que te gustarán.

Pierre le dedicó una sonrisa y se preguntó cómo le pediría el favor que obviamente quería pedirle. Era una mujer muy orgullosa. Si se rebajaba a buscar su ayuda, debía de tener un problema importante.

–¡Que tenga un huerto no significa que me gusten los bollitos de salvado! –protestó ella.

Él se levantó y sacó la cartera de los pantalones. Era un hombre imponente; no sólo por la altura, sino también por su fuerza. Sus brazos y su torso eran atléticos, elegantes y morenos.

Georgie no recordaba haber reparado antes en su atractivo. Pero una vez más, no se podía decir que se vieran muy a menudo. Y mucho menos allí, en Londres, en sus dominios.

Pierre regresó unos segundos después con su café y una botella de agua que abrió y de la que echó un trago.

–Y bien... ¿qué te parece si nos dejamos de rodeos y vas al grano? –preguntó.

–Sí, bueno...

Pierre suspiró con impaciencia. El correo electrónico podía esperar un par de horas a cambio de disfrutar un rato con la incomodidad de Georgie; pero Jennifer, su prometida, no. Así que decidió acelerar un poco las cosas y echarle una mano con su evidente sufrimiento.

—No has venido desde Devon para criticar mi forma de vida. Y ya me has dicho que mi madre se encuentra bien...

—Más o menos.

—De acuerdo; más o menos bien —concedió—. Pero si le pasara algo malo, lo sabría. Así que sólo puede haber un motivo que te haya empujado a hacer un viaje de cuatro horas para venir a visitarme.

—¿Sólo uno?

—Sí. El dinero —respondió, echándose hacia atrás—. El señor que gobierna el mundo... casi siempre. ¿Qué ha pasado, Georgie? ¿Cómo te las has arreglado para endeudarte? Pensaba que el sueldo de una profesora era bueno. Y por otra parte, Devon no ofrece muchas posibilidades de gastar...

Georgie se puso a la defensiva.

—¡No, claro, en Devon no hay clubs selectos como éste! Además, yo no me gastaría el dinero en esas cosas porque para mí sería malgastarlo. Pero dejémoslo así. No he venido para...

Pierre alzó una mano y la interrumpió.

—No has venido a discutir conmigo, lo sé. Aunque eres incapaz de evitarlo —afirmó—. Siempre has sido rígida y mandona, Georgie. Si no te andas con cuidado, terminarás organizando un club de amargadas... y no merecería la pena porque sólo estoy diciendo la verdad. ¡Ni siquiera puedes morderte la lengua cuando vienes a pedirme un favor! Estás aquí por eso, ¿no es cierto?

Georgie pensó que Pierre tenía técnicamente razón y se preguntó cómo se las había arreglado para parecer una pedigüeña cuando no lo era. Él sonrió y ella deseó levantarse de la silla y estrangularlo.

–Venga, dilo de una vez. ¿En qué te has gastado el dinero? –preguntó Pierre, arqueando una ceja–. ¿En ampliar la casa y comprar más animales? ¿En pienso selecto para las gallinas, que merecen lo mejor? ¿No es eso? Porque dudo que tengas gustos caros en cuestión de joyas y ropa...

Pierre la observó de los pies a la cabeza y Georgie reaccionó con una mueca de disgusto. Él siempre se las arreglaba para hacerla sentir torpe y sin gracia en lo relativo a su vestimenta. Desde luego, su gusto no era el mejor. Y los ojos inmensamente azules de Pierre la miraron con condena.

Pero él también tenía sus defectos. Por ejemplo, carecía de imaginación. Georgie sólo tenía que pensar en las mujeres que había llevado a casa de sus padres a lo largo de los años. Intelectuales, abogadas y economistas sin sentido del humor que sabían mucho de sus profesiones y prácticamente nada de todo lo demás.

–La ropa de diseño no es nada práctica cuando te dedicas a dar clase a niños –se defendió.

–¿He insinuado yo otra cosa?

–No es necesario.

–Entonces quedamos en que no te lo has gastado en ropa. Para ti, el hecho de tener un aspecto elegante o simplemente femenino carece de importancia...

—¡Nunca he dicho eso!

—Cuando no llevas faldas hasta los tobillos, te pones vaqueros o leotardos baratos, Georgie. He llegado a la conclusión de que saliste del vientre de tu madre con uniforme de campesina. Pero está bien, admito que no te has podido arruinar a base de comprar retales.

—¿Te estás divirtiendo, Pierre?

—Ver a los predicadores siempre me ha parecido divertido...

—¡No soy una predicadora!

—¿Ah, no? Pues me has dado un montón de sermones tediosos sobre mi personalidad, mi supuesta obsesión con el dinero, una aparente falta de preocupación por mis padres... tu lista de acusaciones es interminable.

Georgie se ruborizó. Dicho así, parecía una fanática aburrida e insensible. Hasta ese momento no había caído en la cuenta de que era una molestia para Pierre; estaba demasiado cerca de él para pasar sus comentarios por alto y era una persona demasiado cercana a su familia para disfrutar con sus extravagancias.

Consideró la posibilidad de olvidar el asunto, abandonar su causa y regresar a Devon sin explicarle nada. Pero siguió allí.

—Dime por qué necesitas el dinero. Me he divertido imaginando las posibilidades, pero el juego ha llegado a su fin. Tengo que marcharme y estoy seguro de que tú querrás volver a Devon.

Pierre se había olvidado momentáneamente de Jennifer. Sin embargo, una mirada al reloj bastó para recordarle que tenía prisa.

La miró con impaciencia y ella se sorprendió al comprender que no encontraba las palabras adecuadas para explicarse.

—Por Dios, Georgie... suéltalo de una vez por todas. No tengo tiempo, en serio.

—No he venido a pedirte dinero, Pierre. No me he endeudado con el juego ni con ninguna otra cosa por el estilo. Sólo he venido a decirte que... que...

—¿Sí?

—Bueno, esto es difícil de decir... —declaró, lamiéndose los labios con nerviosismo—. Pero bueno... es que estamos..

—¡Por todos los diablos! ¿Quieres hablar con claridad?

—¡Es que estamos comprometidos!

Capítulo 2

CÓMO? Pierre habló en voz tan alta que varias cabezas se giraron hacia ellos. Georgie pensó que no era una situación muy habitual en la cafetería del gimnasio. Dudaba que los hombres extremadamente ricos e influyentes gritaran con frecuencia. Pero aquél lo hacía.

—¡Explícate! —ordenó Pierre, inclinándose sobre la mesa.

Ella carraspeó e intentó mirarlo a los ojos.

—No hay razón para que pierdas los estribos con...

—¿Que no hay razón? ¿En qué planeta vives, Georgie? Vienes a Londres sin invitación, me abordas en el gimnasio y a continuación me informas tranquilamente de que estamos comprometidos, así como así... ¿No te parece lógico que me sorprenda?

—Bueno, sólo estamos... prácticamente comprometidos.

—Definitivamente has perdido el juicio, Georgie. Necesitas medicación. O hacerte amiga del psiquiatra de Devon.

—Mira, sé que hemos tenido nuestras diferencias en el pasado...

—¡Vaya! ¡Eso sí que es una novedad! —se burló.

—Escúchame...

—Soy todo oídos.

—Como sabes, tu madre y yo mantenemos una relación estrecha. Hablo con ella y paso a visitarla casi todos los días. Sólo para asegurarme de que se encuentra bien.

—Y se encuentra bien.

—Más o menos –repitió.

—Estás jugando con mi paciencia, Georgie, y éste no es momento para tonterías. Se ha recuperado totalmente del infarto. He hablado con su médico, y lo creas o no, tengo la costumbre de llamarla por teléfono una vez a la semana.

—Pero no vas a verla.

—No sigas por ese camino, Georgie. Es un tema demasiado trillado para mi gusto.

Lo que Georgie había dicho era tan absurdo que a Pierre le costó contener el enfado y la estupefacción. Él pertenecía a una familia que había sido rica durante varias generaciones, y sus padres se habían dedicado a malgastar la fortuna en cosas como la agricultura natural, cuando nadie la conocía, y en empresas que desaparecían automáticamente en cuanto ellos ponían el dinero. A sus padres no parecía importarles, pero a él, sí. No quería que su destino fuera el mismo. Y ya en su infancia había tomado la decisión de que conseguiría su propia fortuna y mantendría el control absoluto de su vida.

Pierre se aferró al plan original. Cuando su padre falleció y se conoció el alcance de las deudas que había acumulado, él ya había amasado muchos millones y se le tenía por uno de los financieros con más talento del país.

Su sentido de la disciplina era legendario. Pero naturalmente, no en Devon; no donde su madre y él mantenían una relación incómoda pero tranquila. Pierre la visitaba cuando el trabajo se lo permitía y cumplía todas sus obligaciones de hijo.

Sin embargo, su madre no le había dado las gracias ni una sola vez. Ni siquiera cuando saldó la deuda de su padre. Ni siquiera cuando le compró una casa, que había elegido ella, y le concedió una asignación muy superior a cualquier cantidad que se pudiera gastar en toda una vida.

No, ella no agradecía nada.

Pero de todas formas, le pareció increíble que le hubiera metido en semejante lío con aquella rubia desquiciada. Con una mujer irritante cuyo mayor talento consistía en criticarle por cualquier cosa.

—No estoy de humor para escuchar tonterías —le advirtió.

—Pierre, Didi está muy deprimida.

—Todo el mundo se deprime de vez en cuando —dijo con impaciencia—. Y no suele ser motivo de preocupación.

Georgie pensó que había cometido un error. La idea le había parecido buena al principio, pero ahora, al contemplar la mirada gélida de Pierre, supo que no tenía ni pies ni cabeza.

—Didi no es de las personas que se deprimen. Es verdad que se ha recuperado y que goza de buena salud, pero en los últimos meses se ha comportado de forma extraña. Ya no va a jugar al bridge dos veces por semana, como hacía antes. Cuando me interesé por ello, me dijo que no se encontraba físicamente bien... pero sé que el problema es otro. Incluso ha regalado sus patos.

—Ya era hora.

—¡Los tenía desde hace cuatro años, Pierre! —dijo, inclinándose hacia delante—. Todavía ayuda a la comunidad, pero este mes he pasado varias veces por su casa, antes de ir al colegio, y todavía estaba en la cama.

—¿A qué hora vas al colegio?

—A las ocho y cuarto.

—Bueno, puede que ya no tenga horarios de gallina. Tal vez haya pensado que, a su edad, merece descansar un poco.

—No, eso no es propio de ella.

—La gente cambia cuando se hace mayor.

—Estoy segura de que tienes mucho que hacer, Pierre, pero he venido a hablar contigo y no me voy a marchar hasta que escuches lo que tengo que decir.

—Corrígeme si me equivoco, pero ¿no es verdad que soy yo quien debe decidir si quiero escucharte? Hasta el momento sólo has dicho tonterías.

—No estaría aquí si tu madre no me preocupara. ¿Crees que me divierte que me insulten y que me griten?

Georgie se preguntó qué iba a hacer si a Pierre le daba por levantarse y marcharse de la cafetería. Tal vez, correr tras él y arrojarse a sus pies.

Pierre nunca había demostrado tanto afecto y amor por Didi como ella. Sus padres habían sido grandes amigos, y cuando los de Georgie se mataron en un accidente de tráfico, los de él se encargaron de cuidarla y prácticamente de adoptarla como si también fuera hija suya. Por aquel entonces, Pierre ya había iniciado su meteórica carrera profesional; y Georgie sospechaba que la querían tanto porque llenaba su espacio. Además, él sólo iba a visitarlos de vez en cuando y se comportaba con la condescendencia de alguien que se considera por encima de los demás.

Pierre se levantó de repente y Georgie pensó que no tendría más remedio que arrojarse a sus pies y rogar. Pero entonces, él dijo:

—Esta noche tengo un compromiso, pero podríamos hablar antes. Créeme, sólo lo propongo por educación. Tendrás que acompañarme a mi piso y hablar conmigo mientras me visto. Es lo mejor que te puedo ofrecer.

Pierre no la esperó. Alcanzó su bolsa de deporte y caminó hacia la salida, con ella intentando seguir su paso.

Normalmente, su chófer lo llevaba al gimnasio; pero aquel día había decidido conducir y su Bentley, negro y brillante, esperaba en el aparcamiento. Georgie deseó hacer un comentario sarcástico sobre lo bien que vivían los ricos.

Permanecieron en silencio mientras atravesaban las calles de Londres. Era una situación bastante incómoda, así que Georgie se alegró de no tener que darle conversación y se dedicó a mirar por la ventanilla.

Las pocas veces que giró la cabeza hacia él, bastaron para que su corazón se acelerara. El perfil de Pierre era tan perfecto como impresionante. No le extrañaba que la gente temblara en su presencia. Seguro que además de estudiar Economía, Derecho y Política en la universidad, también había hecho un cursillo de inducción al miedo.

Su casa estaba en Chelsea, e incluso Georgie, que no conocía Londres, supo inmediatamente que era un barrio muy caro. Tal vez fuera por la plaza cuadrada sobre la que se alzaba una hilera de edificios victorianos de ladrillo rojo, todos idénticos, todos de fachadas impecables y todos con pequeñas escalinatas en la parte delantera. A pesar de estar en el corazón de la capital, la zona resultaba tranquila e íntima.

O tal vez fuera por los coches caros que estaban aparcados en la calle.

—Es un lugar precioso, Pierre —dijo ella, rompiendo el silencio—. Muy tranquilo... ¿vive alguien en esas casas? Veo coches y ventanas con luz, pero ¿dónde está todo el mundo?

Él salió del vehículo y le abrió la portezuela.

—Esto no es Devon, Georgie. Los vecinos no se dedican a charlar en el jardín.

—Te sorprendería lo que se puede averiguar en un jardín...

—Seguro que son cosas que no me interesan.

—No, quizás no. Desde luego, no hablamos sobre el mercado bursátil ni sobre la última adquisición en el sector privado.

La última vez que Georgie había estado con una novia de Pierre, la había sometido a una larga y soporífera conversación sobre las maravillas de la Bolsa neoyorquina; por lo visto, la mujer había trabajado tres años en Nueva York antes de volver a Londres para dirigir el departamento de inversiones de un banco. Georgie recordaba haber asentido mucho y haber deseado retorcerle el pescuezo por su actitud condescendiente.

Pierre abrió la puerta de la casa y avanzó por el vestíbulo.

—Ya me lo imagino. ¿Por qué hablar de cosas interesantes cuando se puede perder el tiempo con cotilleos locales y detalles agrícolas?

—¿Por qué eres tan arrogante, Pierre?

Pierre tiró las llaves a la mesita del vestíbulo e hizo caso omiso del comentario.

—Cierra la puerta, Georgie. Si quieres, todavía tengo tiempo de ofrecerte un café o algo más fuerte, aunque creo recordar que el alcohol te parecía un brebaje maligno... Pero luego tengo que cambiarme de ropa —declaró—. Por cierto, ¿dónde vas a alojarte esta noche?

Georgie estaba ocupada echando un vistazo a la casa. No era fría y minimalista, como había imaginado, sino sorprendentemente cálida y agradable. El suelo del vestíbulo era de baldosas de colores vivos; las paredes estaba llenas de cuadros, algunos con escenas rurales, y el pasamanos de la escalera que llevaba al piso superior era de roble y brillaba como un espejo.

—¿Y bien? —preguntó él.

Ella dejó de mirar a su alrededor.

—La verdad es que no lo había pensado —dijo, encogiéndose de hombros—. Quería llegar pronto a Londres y el retraso me ha estropeado los planes.

Sin embargo, supongo que podría volver a Devon esta noche... a no ser que puedas recomendarme algún hostal barato. Si es que sabes de esas cosas, claro está.

Pierre se apoyó un momento en la pared y entrecerró los ojos, pero no dijo nada. A continuación, giró sobre sus talones y desapareció en el interior de la casa tan rápidamente que Georgie se vio obligada a seguirlo. Pero esta vez caminó despacio. Quería inspeccionar a fondo la casa.

Además de al pasillo, el vestíbulo daba a dos habitaciones. De la primera sólo pudo ver que estaba decorada con tonos ocres; en cuanto a la segunda, resultó ser un despacho que compaginaba las comodidades electrónicas del siglo XXI con el ambiente íntimo y elegante de unas paredes llenas de estanterías con libros y de una alfombra persa.

—¿Podrías hacerme el favor de darte prisa?

La voz de Pierre interrumpió su inspección. Ella alzó la mirada con expresión de culpabilidad y vio que la estaba esperando.

—Lo siento...

—¿De verdad? No sé por qué me resulta difícil de creer.

Pierre se apartó para que Georgie pasara delante. Cruzaron el comedor y terminaron en una cocina tan grande como para albergar una mesa de buen tamaño y toda la parafernalia habitual.

—Ya te habrás dado cuenta de que todavía no he dicho nada sobre esa estupidez que has soltado en la cafetería —declaró él mientras llenaba la tetera—. He preferido darte tiempo para que reconsideres tu actitud. Pero si tu historia significa que mi madre se está comportando de forma poco racional, necesito saberlo. Así que di lo que tengas que decir. Te escucho.

—Vaya, ¿por fin empieza mi turno?

Pierre se cruzó de brazos.

—En efecto.

—No había imaginado que nuestra conversación discurriría de esta forma...

Georgie avanzó hacia la tetera. Obviamente, Pierre había pensado que preferiría tomar un té, pero le apetecía un café y quiso preguntar dónde estaba la cafetera. Sin embargo, las palabras que salieron de su boca no fueron ésas.

—Me apetece una copa de vino.

Pierre arqueó las cejas, sorprendido.

—No me lo puedo creer. Es todo un gesto de valentía por tu parte...

—¿Y qué esperabas? –preguntó ella–. Me lo estás poniendo muy difícil. Has sido cualquier cosa menos educado.

Él se acercó a uno de los armarios, sacó una botella de vino, la abrió y le sirvió una copa.

—¿Y cómo pensabas que iba a reaccionar? ¿Creías que iba a pegar saltos de alegría?

El vino estaba delicioso, fresco y contundente. Georgie echó un trago antes de mirarlo y contestar.

—Habría bastado que me escucharas.

—Ahora te escucho –insistió–. Has insinuado que mi madre no está... del todo bien, por así decirlo. Y me gustaría tener conocimiento de causa.

—¿Quieres decir que vas a ir a verla?

–Quiero decir que llamaré por teléfono y hablaré con ella.

–¡Dios mío, qué detalle por tu parte! ¡Una llamada telefónica!

–¿Qué tiene de malo?

–Que las cosas no funcionan así, Pierre; por lo menos, cuando se trata de una madre. Sabes cuánto se enorgullece de ti y cuánto...

–¿Cuánto?

–Cuánto te quiere –concluyó.

Pierre se ruborizó un poco por el comentario, que le pareció una especie de crítica escondida tras un cumplido aparente. Se sirvió una copa, bebió un poco y frunció el ceño.

–Explícate.

–No le gustaría que pensaras que está.. débil.

–Esta conversación no tiene ni pies ni cabeza, Georgie. No entiendo nada. Voy a cambiarme de ropa.

Georgie tomó su copa de vino y lo siguió hasta el dormitorio. Pero se quedó en la puerta.

–¿No vas a entrar? –preguntó él, dándole la espalda.

Georgie abrió la boca para responder, pero Pierre se sacó la camiseta por encima de la cabeza y ella se quedó fascinada. Tenía un cuerpo precioso, perfecto. Con el tono moreno que había heredado de su madre.

Cuando se giró hacia ella y sus miradas se encontraron, Georgie bajó la cabeza. Se había puesto roja como un tomate, y se ruborizó todavía más cuando él introdujo un dedo por debajo de sus pantalones e hizo ademán de quitárselos.

–Puedes mirar si quieres –se burló él.

–Tal vez sea mejor que espere en otra parte hasta que salgas de la ducha.

–Como prefieras. Pero entonces tendré que marcharme. Y a no ser que tengas intención de acompañarme a mi compromiso, sería más adecuado que desembuches de una vez y digas lo que tengas que decir.

–Bueno, es que no quiero ponerte en una situación embarazosa...

–Querrás decir que no quieres ponerte tú en una situación embarazosa –puntualizó él, sonriendo–. Yo no me avergüenzo con facilidad, y mucho menos cuando se trata de desnudarse delante de una mujer. Es una de las ventajas de haber crecido en un internado. No tardas nada en perder el sentido de la vergüenza.

Pierre se quitó los pantalones y entró en el cuarto de baño, dejando abierta la puerta. Suponía que Georgie se asustaría y que se alejaría de allí, pero no lo hizo. Se quedó cerca, detrás de la cómoda, de tal manera que no podía verlo pero sí escucharlo.

Su beatería le sorprendió y le divirtió al mismo tiempo. Le pareció increíble que una mujer de veintitantos años pudiera ser tan remilgada con esas cosas. Su experiencia sexual debía de ser bastante limitada, lo cual era casi más sorprendente. A su modo, Georgie era una mujer atractiva. Seguro que en Devon había uno o dos hombres jóvenes que quisieran estar con ella, o incluso casarse con ella.

–Hace un par de días, cuando hablé por última vez con tu madre, le pregunté sobre sus partidas de bridge y me confesó que...

Pierre ya llevaba un par de minutos en la ducha, así que Georgie tuvo que alzar la voz para hacerse oír.

—¿Qué te confesó?

Él cerró el grifo del agua, se puso una toalla alrededor de la cintura, salió de la bañera y llenó el lavabo para afeitarse.

Ahora ya podía verlo. O al menos, en parte. Cuando se miró en el espejo, sus ojos se encontraron.

—Que estaba deprimida desde el asunto del infarto. Me dijo que había perdido el interés por las cosas y que ya no encontraba motivos para levantarse de la cama. Hasta me comentó que a veces se queda en el dormitorio hasta la hora de comer y que sólo sale porque existe la posibilidad de que yo me pase a verla después de las clases.

Pierre la miró en el espejo.

—Es raro, no me había dicho nada... Pero ahórrate el comentario, por favor. Ibas a decir que no habla conmigo porque le doy miedo.

—¡No digas tonterías! Tú no le das miedo.

Georgie se preguntó si su voz había sonado crispada. Didi nunca habría criticado a Pierre a sus espaldas, pero leer entre líneas resultaba demasiado fácil; madre e hijo mantenían una relación complicada, y con el paso de los años, Didi había empezado a sentirse culpable por ello. Lamentaba haberlo enviado de niño a un internado, siguiendo la tradición familiar de su padre y su abuelo. Lamentaba haberle negado lo que quería y haberlo obligado a llevar la vida que a ella y a su esposo les gustaba. Se sentía terriblemente orgullosa de él, pero ella misma le había confesado que cuando Pierre estaba cerca, se ponía tan tensa y nerviosa que seguramente había contribuido a que no pasara por Devon con frecuencia.

—Pero es verdad que puedes ser difícil —continuó Georgie.

—¿Qué quieres decir?

Pierre dejó la maquinilla y se lavó la cara sin haberse afeitado. Después, salió del cuarto de baño, se cruzó de brazos y la miró.

—Que tienes una forma algo brusca de tratar a la gente.

—Lo que pasa es que no soy un blandengue. Estoy seguro de que a mi madre le encantaría que yo fuera un fanático de la vida sana y me marchara a vivir a una comuna en Devon, pero a estas alturas ya debería saber que no es lo mío.

—No seas tonto —dijo ella, contemplando su estomago liso y duro—. Es que se está haciendo mayor. Y tengo la impresión de que... no, no es ninguna impresión: sé que está deprimida porque cree que te ha perdido. Cree que sólo te importan Londres y tus negocios.

—Londres y los negocios son el instrumento que ha servido para pagar las deudas de mi padre y comprar la casa donde vive mi madre.

—Lo sé, lo sé, pero...

—¿Pero?

—Está muy desanimada. Fui a ver al doctor Thompson y fue completamente sincero conmigo. Me dijo que está en una edad en la que casi es normal que se sienta acabada, sobre todo después del fallecimiento de tu padre. La gente en sus circunstancias se deprime y llega un momento en que no quieren vivir. Además, no quiere darle antidepresivos porque podría volverse adicta... y por otra parte, ella está completamente en contra.

—Comprendo.

—Me dijo que Didi tiene que encontrar algo que le interese, algo que le ilusione y a lo que pueda destinar sus energías...

—Puede hacer lo que quiera —la interrumpió—. Siempre le he dejado bien claro que el dinero no es un problema. Si le apetece irse a un crucero, sólo tiene que decirlo. De hecho, me parece una buena idea. A los viejos les gustan los cruceros.

—¿Didi? ¿En un crucero?

—Bueno, tal vez no un crucero...

Pierre pensó que tenía razón. Unas vacaciones en el mar serían más un castigo que un premio para ella.

—Lo que Didi necesita es algo que no se puede comprar. Después de hablar y hablar con ella he conseguido sacarle que lo único que quiere es que tú seas feliz y que encontréis la forma de llevaros bien.

—¿La forma de llevarnos bien? A nuestra relación no le pasa nada...

Pierre se acercó al armario y lo abrió. En ese momento no le apetecía ir a cenar con Jennifer a un restaurante francés. Su vida había marchado perfectamente bien hasta tres horas antes. Pero ya no.

—Ni yo he dicho otra cosa —continuó Georgie—. Sólo te estoy contando lo que piensa tu madre. Sé que se siente responsable del hecho de que no te hayas casado... cree que tiene la culpa por no haberte dado una infancia más estable, y que ahora estás pagando las consecuencias de todo aquello.

Pierre se puso unos calzoncillos y unos pantalones negros detrás de la puerta del armario.

–Eso es una estupidez. Basura psicoanalítica. Seguro que ha sido culpa tuya... seguro que la has convencido para que se abra a ti y otras tonterías por el estilo –declaró con acidez–. Georgie, no dudo que seas una profesora magnífica cuando se trata de enseñar a leer y a escribir a los niños, pero eso no te da derecho a meterte en la vida de los demás.

–¡Por supuesto que no!

–Entonces, ¿por qué has animado a mi madre a psicoanalizarse a sí misma? La semana pasada, cuando hablé con ella, parecía estar bien.

–¡Pues no lo estaba! ¡Y no está bien desde hace tiempo!

–Claro, ¿y cuál ha sido tu solución? ¿Qué perla de sabiduría se te podía ocurrir a ti? ¡Que no debía preocuparse porque yo estaba saliendo contigo! Por Dios, Georgie... Ni siquiera se te ocurrió pensar que Didi me conoce. Tengo una vida emocional bastante equilibrada, y ella misma ha conocido a algunas de mis novias.

–Ya.

–¿Ya? ¿Eso qué significa? –preguntó mientras se ponía una camisa.

–Nada.

–¡Vamos, Georgie! Si te has atrevido a tanto, sé sincera y di lo que piensas.

Él la miró y ella pensó que era terriblemente atractivo. No se había molestado en peinarse; sólo se había pasado una mano por el pelo y tenía un aspecto rebelde, casi de pirata. Recordó que, de adolescente, sentía un escalofrío de excitación sexual cuando estaba a su lado. Incluso se había enamorado de él, pero sólo como un capricho típico de la edad.

Por eso se sorprendió cuando sintió exactamente lo mismo que en el pasado. Tuvo que hacer un esfuerzo para controlarse, volver a la realidad y pensar que Pierre ni siquiera le caía bien.

—Está bien, como quieras. Tus novias no son muy... agradables, ¿verdad?

—Eso nunca ha sido un problema.

—No, por supuesto, no lo es porque a ti te encanta hablar de políticas fiscales y negocios.

—¿Te refieres a esas cosas que mueven el mundo?

Georgie tomó aliento y siguió hablando.

—Me refiero a que a tu madre le cuesta llevarse bien con ellas...

—Me resulta difícil de creer que Didi esté deprimida por eso. Lo cual me recuerda que...

Pierre miró la hora y Georgie comprendió que había hecho un viaje en balde y que ahora no tendría más remedio que continuar con la farsa o decirle a Didi que su supuesto romance con Pierre había terminado. Y ninguna de las dos opciones era muy recomendable.

Pierre la miró con expresión inquisitiva, como si hubiera adivinado sus pensamientos.

—Ya sabes lo que dicen sobre las mentiras. Que una lleva a otra y al final te enredan como una tela de araña.

—Estaba desesperada, Pierre. Tenía que hacer algo.

Georgie se dejó llevar y le tiró de la manga, pero se apartó enseguida.

–Eres una mujer muy insistente. Si fueras capaz de derivar toda esa energía hacia el mundo de los negocios, quién sabe adónde podrías llegar.

A pesar de la ironía de sus palabras, Pierre pensó que Georgie tenía razón con el comentario sobre sus novias. Eran bastante frías y normalmente no se llevaban bien con Didi, una mujer bohemia y algo alocada.

–Pero de todas formas –siguió él–, ¿qué pensabas decirle cuando ese invento tuyo de nuestra relación llegara a su fin?

–Quién sabe. Me habría inventado otra cosa... le habría dicho que te habías vuelto misionero o explorador, qué sé yo... Te habría transformado en otro personaje, en cualquier cosa menos en una máquina de hacer dinero que ni siquiera tiene tiempo para ir a ver a su madre –le recriminó.

Él la miró con dureza.

–Ten cuidado, Georgina. Te permito ciertas familiaridades porque nos conocemos desde hace tiempo, pero hay un límite. Deberías cerrar la boca cuando hables sobre cosas que no conoces. Ver a mi madre me encanta. Si no voy más a menudo es porque no puedo; las empresas no se dirigen solas; alguien tiene que hacerse cargo. Y antes de que empieces otra vez con ese discursito de que sólo me importa el dinero, recuerda dónde acabó la fortuna de mi familia gracias a la actitud disipada de mi padre.

–¡Pero era feliz! ¡Los dos lo eran!

Pierre suspiró.

–Lo sé, Georgie. Pero mira, ahora tengo que marcharme... quédate a dormir aquí esta noche. Es demasiado tarde para que vuelvas a Devon y no voy a permitir que atravieses Londres de noche para buscar un hostal barato. En uno de los armarios de arriba hay toallas limpias. Puedes elegir la habitación de invitados que más te guste. Además, en la cocina hay comida y tienes una televisión en el salón.

—¿Con quién vas a salir?

—¿Debo llamar a mi abogado antes de contestarte?

—No te entiendo...

—Si te digo que se llama Jennifer Street y que está especializada en impuestos, ¿usarás la información para utilizarla después en mi contra?

Georgie sonrió a regañadientes.

—Tal vez —confesó.

—Entonces diré que se llama Candy Floss y que trabaja en un club de alterne.

—Eso sería muy difícil de creer, Pierre.

—¿Por qué? ¿Crees que sólo sé hablar de negocios y de dinero? Pues te equivocas. Salimos por ahí para divertirnos.

Georgie casi se quedó sin aliento. La posibilidad de que Pierre saliera con una mujer sólo para divertirse y pasar el rato le pareció increíble. Cuando lo miró a los ojos y notó la sonrisa de sus labios, se sintió hechizada por su sensualidad.

—Bueno, piensa en lo mi propuesta, Pierre... —dijo, intentando mantener la calma—. Estoy muy preocupada por tu madre, en serio. Haría cualquier cosa por ayudarla, aunque signifique inventarse una historia.

Georgie pensó en las mujeres elegantes y profesionales que salían con Pierre y añadió:

–Sé que no soy tu tipo y tú no eres el mío. Pero tu madre sería muy feliz si creyera que estamos juntos. Y eso bastaría para que saliera de la depresión.

Pierre se sintió culpable y ni siquiera supo por qué. Era un buen hijo. Aunque no fuera a visitarla con frecuencia, la había invitado mil veces a ir a Londres y quedarse en su casa y ella siempre había rechazado sus invitaciones.

–Te veré mañana, Georgie –dijo de repente–. Apaga las luces de abajo cuando subas.

Él se marchó con la conciencia enturbiada, lo cual no era un buen principio para la velada que tenía por delante. Además, había empezado a pensar que Jennifer era aburrida y se sorprendió calculando las veces que se refería al trabajo.

Como consecuencia de todo ello, volvió a casa mucho antes de lo que había imaginado. Tan pronto, que las luces del salón estaban encendidas. Cuando entró en la casa, la descubrió sentada en el sofá. Se había quitado el maquillaje, se había desnudado y se había puesto una de sus camisas, que llevaba abotonada y cerrada con una de sus corbatas.

Sus miradas se encontraron. La de ella contenía sorpresa porque no esperaba que volviera tan pronto. La de él, admiración: estaba muy sexy.

En ese momento, sonó el teléfono.

Alguien tenía que contestar. Y Georgie pensó que, en tales circunstancias, era natural que contestara ella.

Capítulo 3

PARA Georgie era lo más normal del mundo. Contestaba al teléfono incluso cuando estaba en casa de sus amigos, tal vez porque estaba acostumbrada al colegio, donde contestar llamadas no era trabajo de nadie en particular sino de todos en general.

Mientras Pierre se quitaba la chaqueta, supo que Georgie conocía a la persona que había llamado. En su cara se dibujó una sonrisa fácil, una de esas sonrisas que podían convertirse en carcajadas terriblemente contagiosas. Y se sorprendió al caer en la cuenta de que recordaba su sonido.

Georgie tapó el auricular un momento y dijo, en voz baja:

—Es Didi.

Pierre frunció el ceño, se aflojó la corbata y extendió un brazo para que le pusiera con ella.

—Mamá... ¿cómo llamas a estas horas? ¿Ocurre algo?

Georgie se dirigió a la cocina porque, estando él en casa, no le pareció adecuado retirarse a la habitación. Si hubiera estado durmiendo, la cosa habría sido diferente; pero ahora se sentía obligada a quedarse allí y darle las buenas noches.

Se había puesto la camisa de Pierre porque había ido a Londres sin ropa para cambiarse. Esperaba solucionar el problema rápidamente y volver a Devon, pero había pecado de impulsiva y de demasiado optimista. Además, tampoco esperaba que él volviera tan pronto. Ni siquiera eran las once de la noche.

Se sirvió una taza de café y se dijo que, o sus relaciones amorosas no eran muy divertidas, o a Jennifer le gustaban las experiencias rápidas. Sólo había estado un par de horas con aquella mujer.

Miró a su alrededor y pensó que era un lugar agradable. Detrás de la mesa había una zona apartada con dos sillones y un televisor, así que se sentó y se puso cómoda. Estaba adormilada cuando le oyó entrar y vio que la miraba con enfado.

–¡De acuerdo, de acuerdo! –dijo ella–. Sé que no debería haberme puesto tu camisa, pero la vi en el armario de una de las habitaciones vacías y supuse que no la necesitabas o que la habías guardado para regalársela a los pobres, por ejemplo.

Pierre la miraba como un volcán a punto de sufrir una erupción.

–Si tanto te molesta –continuó Georgie–, me la quitaré ahora mismo.

–¡La ropa no me importa!

Pierre se quitó la corbata y la dejó encima de una silla.

–Qué alivio... Aunque puedo llevármela a Devon y devolvértela limpia.

–¡He dicho que la ropa no me importa!

Por el tono de su voz, Georgie supo que no quería saber lo que le preocupaba. Así que se mantuvo en silencio y, al cabo de unos segundos, dijo:

—¿Quieres que te prepare un café... u otra cosa?

—¿Un café? —preguntó mientras se acercaba al frigorífico—. ¡Necesito algo más fuerte que un café!

Pierre sacó el hielo y se sirvió un whisky con soda. Después, se sentó en uno de los sillones y la volvió a mirar. La temperatura de aquella mirada no era más alta que la de su bebida.

—¿Siempre contestas las llamadas telefónicas de los demás?

Georgie sonrió.

—Lo sé, no debería hacerlo. Es inadecuado. En el colegio no tenemos recepcionista desde hace años... la última que tuvimos se marchó porque no había presupuesto suficiente, así que las llamadas las contesta quien más cerca esté. Cuando oigo un teléfono, ni siquiera lo pienso; mi reacción inmediata es contestar.

—Eso te define muy bien. Haces las cosas sin pensar. Como eso de inventarte una historia sobre una relación conmigo... como lo de venir a Londres para intentar convencerme de que me sume a esa farsa y, por supuesto, como lo de contestar esa llamada son total desprecio de mi derecho a la intimidad.

—Bueno, admito que a veces tengo ciertas carencias de sentido común que...

—¿A veces? —preguntó, echando un trago de whisky—. Tu sentido común es un desastre. Ahora, mi madre está convencida de que nos hemos enamorado. ¿Por qué otro motivo ibas a contestar el teléfono en mi casa a las doce de la noche? Además, le has dicho que estamos saliendo y que no se lo habías contado antes porque había pasado poco tiempo.

¿Qué tienes que decir a eso? ¿Puedo saber cuándo nos hemos visto? ¿O no tienes respuesta?

–Sí, claro que la tengo. Le dije que nos hemos visto algunos fines de semana.

Georgie dejó su café a un lado y deseó que la tierra se abriera y que se la tragase.

–Algunos fines de semana... –repitió, asombrado.

Ella asintió.

–No le di más detalles. Simplemente, insinué que era algo más o menos clandestino y emocionante... sé que no debería haber mentido, pero tu madre se puso a llorar y a decir que quería estar más cerca de ti, que le gustaría ser abuela, que nunca se llevaba bien con tus novias y...

–¡Y no se te ocurrió nada mejor que inventarte una fantasía entre nosotros! –exclamó.

En ese momento no le preocupó que su madre hubiera llorado, aunque no lloraba casi nunca. Siempre había sido una mujer alegre, llena de energía, de personalidad exuberante. No había nacido en Inglaterra, pero se había marchado a vivir allí cuando se casó con su padre y no sólo se había integrado en Devon sino que también se había convertido en uno de los pilares de la comunidad.

–No soy un monstruo. Comprendo que quisieras tranquilizar a mi madre –continuo él–, pero ahora cree que esa historia es verdad.

Pierre cerró los ojos.

–Se habrá entristecido mucho cuando la has sacado de su error... Es lógico que estés enfadado conmigo.

Pierre abrió los ojos y la miró con asombro.

–¿Enfadado? ¿Enfadado, dices? ¡Enfado es lo que sientes cuando esperas una carta y llega tarde! ¡Enfado es lo que sientes cuando no puedes encontrar las llaves de tu casa!

–Está bien, lo comprendo. Ya me hago a la idea... entonces, diré que estás harto de mí. ¿Te parece una expresión más pertinente?

Pierre le dedicó una mirada de ira.

–¿Por qué crees que yo te iba a salvar del mal trago de contarle a Didi la verdad? Tú eres la responsable. La única culpable de lo sucedido.

–¿No les has dicho la verdad?

–Su estado era tal que no he querido destrozar sus esperanzas.

Pierre terminó su copa y se levantó. Pero en lugar de llenarla de nuevo, se sirvió un poco de agua y se sentó otra vez en el sillón. Georgie apenas tuvo tiempo de valorar sus opciones. O más bien, su única opción: volver a Devon y confesar. No había imaginado que las cosas terminarían de ese modo.

–¿Qué quieres decir con eso de su estado? –preguntó Georgie con debilidad.

–Que estaba radiante. Feliz, entusiasmada como una niña... ¿te haces una idea o te lo tengo que repetir?

–Me hago a la idea. Pero no te preocupes, mañana se lo explicaré todo. Didi lo comprenderá. De hecho, seguramente se emocionará al saber que he sido capaz de inventarme una historia así para intentar animarla.

Georgie sabía que también cabía la posibilidad de que se deprimiera más que antes, pero no quiso pensar en eso.

Pierre la maldijo en voz baja y se levantó.

–¿Cómo has podido meterme en este lío?

Él empezó a caminar de un lado a otro, como un gato encerrado. Y Georgie también se levantó.

–Lo siento. ¿Cuántas veces quieres que me disculpe? En fin... será mejor que me vaya a la cama. Mañana va a ser un día largo.

–¡Siéntate ahora mismo!

–¿Por qué?

Georgie puso los brazos en jarras y lo miró. Por una vez, deseó ser una mujer imponente, una especie de amazona capaz de aterrorizarlo con su presencia y no una chica de metro sesenta y dos y cuerpo delicado. Pierre era tan alto que le sacaba más de una cabeza.

–¡Porque no hemos terminado de hablar!

–No creo que sirva de nada. He organizado un buen lío, Pierre. Tú mismo lo has dicho. Lo único que cabe hacer es que vuelva a Devon y le cuente la verdad. Sólo eso.

–Te he seguido el juego –declaró en tono sombrío.

Georgie volvió al sillón. Él acercó un taburete, se sentó y se cruzó de brazos.

–¿Por qué? –preguntó débilmente–. Seguro que me has maldecido un montón de veces durante las últimas horas por haberme inventado esa historia... ¿por qué has cambiado de opinión al final?

–Para empezar, porque no tenía más remedio. No oía a mi madre tan contenta desde... desde que mi padre estaba vivo –respondió, mientras se pasaba una mano por el pelo–. Has hecho un buen trabajo.

La has convencido por completo. Didi cree que mantenemos una relación amorosa, aunque todavía no entiende cómo es posible que no se diera cuenta. ¿No se te ocurrió pensar que si tú y yo estuviéramos juntos habría ido con más frecuencia a Devon? Tu historia tiene unos cuantos puntos débiles.

Georgie todavía estaba sorprendida. Había conseguido el objetivo que pretendía, pero empezaba a arrepentirse. Era demasiado complicado. No podía mantener una relación ficticia con un hombre que podía destrozar su escaso sentido común en menos de cinco segundos. No podía mirar a Didi y simular enamoramiento mientras apretaba los dientes y lo odiaba por ser tan arrogante.

–¿Y qué le has dicho?

–He intentado que la historia fuera un poco más creíble. Pero dudo que importe, porque está tan contenta que no me ha hecho ni caso.

–¿Y qué vamos a hacer ahora?

Él no dijo nada.

–Bueno, supongo que podría hablar de ti con Didi –continuó Georgie–, intercambiar cotilleos de mujeres y hasta desaparecer sospechosamente algunos fines de semana... no me gusta la idea de seguir con esta mentira, pero...

–No me malinterpretes, Georgie. No apruebo lo que has hecho. Me parece terrible en todos los sentidos. Me has convertido en cómplice de una farsa...

–Preferiría que lo llamaras de otro modo.

–¿Qué pasa? ¿La definición te parece demasiado acertada? No sólo has mentido a una anciana sino que además es una mentira muy poco verosímil.

—¡Pero mi intención era buena!

—Ah, las buenas intenciones... ¿Sabes lo que dice el refrán, verdad? Que el camino del infierno está empedrado con buenas intenciones. Pero qué se le va a hacer. La cosa ya no tiene remedio. Y tu plan de cotillear y hablar de mí no me parece suficiente.

—¿Por qué no? Didi querrá saber cómo nos va. Además, sólo se trata de animarla y sacarla de la depresión.

—Vaya, así que el fin justifica los medios.

—Algo así.

—Bueno, es mejor que no avancemos mucho en ese concepto —dijo él—. Lo importante es que Didi esperará algo más que unas cuantas palabritas y unas cuantas escapadas secretas a quién sabe dónde. ¿A un motel de carretera? Dios mío... Ha insistido en que vaya a Devon a pasar un fin de semana largo. Para algo sobre salir y comprarte regalos de Navidad.

Georgie palideció y él supo exactamente lo que estaba pensando. Aquello era típico de ella. Se había embarcado en un proyecto con intenciones buenas, aunque muy mal dirigidas, y ahora descubría que su plan cobraba vida propia y la arrastraba a una situación francamente compleja.

—¿A pasar un fin de semana?

—Exacto. Y es más, no me ha dejado margen de maniobra. Nunca, en toda mi vida, había sido tan insistente conmigo —respondió.

—Sí, ya me lo imagino.

Didi, cuya vida era tan distinta a la de Pierre, se sentía incómoda con el éxito de su hijo en el mundo de los negocios porque ni le interesaba ni lo com-

prendía; y también era consciente de que él desaprobaba lo que consideraba una actitud excéntrica e
irresponsable con el dinero. Normalmente, esos fac-
tores se combinaban de tal forma que no sabía qué
hacer con Pierre y no se atrevía a pedirle nada. Pero
ahora era su oportunidad y se había vuelto exigente.

–No voy a preguntarte lo que quieres decir con
eso. Me limitaré a decir que mis intentos para convencerla de que estaba muy ocupado no han servido
de nada. De hecho, me parece que en cierto momento me ha pedido que cerrara la boca y que hiciera lo que me había ordenado –comentó.

–Oh, vaya... Para ti debe de ser la primera vez...

Pierre notó su tono de ironía. Pero cuando miró
sus verdes y grandes ojos, sólo vio una expresión de
inocencia y simpatía.

–Me alegra que te divierta tanto, porque el plan de
mi madre incluye que te reúnas con ella, compartas
secretitos y me preparéis una comida entre las dos.

–No puede ser...

–Oh, sí. ¿Empiezas a comprender los inconve-
nientes de tu brillante farsa? Pero discúlpame, qué
cosas tengo... habías dicho que no te gusta que lo
llame de ese modo. La verdad cruda es demasiado
dura para ti.

–Bueno, veámoslo desde el punto de vista positivo. Si Didi quiere cocinar, es que se encuentra mucho mejor. Antes era una cocinera excelente... ¿te
acuerdas?

–Es difícil que me acuerde de eso, teniendo en
cuenta que pasé mi infancia en el internado –le recordó–. Pero eso no importa. Tendremos que poner-

nos de acuerdo y coordinar nuestras historias para no cometer ningún error.

–Empiezo a odiar este asunto –confesó Georgie–. Cuando se me ocurrió el plan, me pareció fácil y hasta divertido en cierto modo. Pero no pensé que inventar historias falsas puede ser lo mismo que... mentir.

–Es lo mismo y tú eres una mentirosa. O algo peor que una mentirosa: eres una persona capaz de involucrar a otros en sus mentiras. Y con el agravante de que ya hay una mujer en mi vida.

–Lo siento. Y siento haberte estropeado el día con mi presencia.

Pierre asintió con un gesto seco, aunque sabía que los gestos secos sobraban a esas alturas. Jennifer había tenido un día duro en el trabajo, con un contrato de la sección financiera, y quería divertirse y disfrutar de la velada. Él, en cambio, estaba tan preocupado con su madre y tan obsesionado con la rubia que se había quedado en su casa, que no pudo concentrarse en la conversación con Jennifer a pesar de que se refería a cuestiones que le interesaban y en las que precisamente estaba trabajando en ese momento.

Al final, sucumbió a su preocupación y puso punto final a la velada. Que se reanudaría, teóricamente, cuando volvieran a hablar, encontraran un rato libre para verse y quedaran de nuevo.

–No tienes que sentirte culpable por haberme dejado sola en tu casa –continuó ella.

Pierre rompió a reír.

–¿Yo? ¿Culpable? ¿Por haberte dejado sola? ¿Y por qué tendría que sentirme culpable? Para empezar, no esperaba tu visita. Y para continuar, serías

capaz de matar a cualquier intruso por simple proce-
dimiento de aburrirle con conversaciones intranscendentes.

—No es un comentario muy agradable... —dijo, herida.

—No, no lo es, y te pido disculpas por ello. Sin re-
servas.

—Sé que eres sincero —comentó con frialdad—. En
fin... has dicho que debemos ponernos de acuerdo.
Muy bien.

—Ya que nos hemos metido en este lío tuyo, conseguir una historia coherente y verosímil es lo mínimo que debemos hacer. Veamos... ¿cuándo empezó nuestra supuesta relación?

—No sé... Creo recordar que le dije que hace seis
u ocho meses.

—¿Y cómo empezó? Estoy deseando saber lo que
creó tu maravillosa imaginación.

—En un restaurante de Londres especializado en
pescados. La última vez que estuve en Londres.

—¿Estuviste en Londres?

—No, pero podría haber estado. Y en tal caso, es
posible que te hubiera llamado por teléfono para tomar una copa contigo.

—¿A pesar de que siempre que nos vemos acaba-
mos por discutir?

—¡Oh, venga ya! ¿Es que tienes que criticar todo
lo que digo? Yo pedí bacalao en el restaurante... y
tú, atún.

—Y tras dar cuenta de una comida tan saludable,
¿qué hicimos? ¿Ir a mi casa y zambullirnos en una
sesión de sexo tan apasionada como satisfactoria?

Georgie se ruborizó. Casi podía sentir el latido de la sangre en las venas de las sienes. Además, Pierre parecía llenar toda la cocina con su presencia. Casi todos sus encuentros, a lo largo de los años, se habían producido delante de terceras personas, como amigos o familiares. Pero ahora estaban solos. Y se sintió repentina y agónicamente consciente de su feminidad. Con un hombre que la encontraba muy divertida, pero no desde un punto de vista positivo.

Por si eso fuera poco, Georgie no se sentía a su altura. Sabía que Pierre desaprobaba su forma de vestir. Sabía que sus novias sofisticadas jamás se habrían marchado de viaje sin llevar ropa para cambiarse. Sabía que ninguna de ellas se habría visto en la tesitura de tener que ponerse una camisa de él.

Se sintió ridícula.

—No he tenido ocasión de pensar en los detalles —respondió—, y no creo que Didi me pregunte por cosas como... cosas que... bueno, da igual, sólo tenemos que ponernos de acuerdo en las fechas y en los lugares.

—Si estamos saliendo juntos, ¿por qué no he ido a verte a Devon?

—Porque eres increíblemente egoísta —espetó—. Y créeme, ése es un argumento tan verosímil que Didi no lo dudaría un solo segundo.

Pierre se inclinó hacia y ella y dijo con suavidad:

—Basta ya, Georgie. Te estoy haciendo un favor al ayudarte a salir del lío en que te has metido. Sí, es posible que sea bueno para mi madre y que sirva para sacarla de la depresión, pero no estoy obligado a ello. Mi vida estaba muy bien antes de que llegaras. Así que te aconsejo que controles tu mal genio.

–Oh, muy bien, como quieras.

Georgie lo dijo con alivio. El comentario sobre su egoísmo al menos había servido para que Pierre retrocediera y le diera espacio para respirar.

–En cuanto Didi vuelva a ser la de antes, le diremos que lo nuestro no ha salido bien. No quiero que esta mentira dure más de lo necesario.

–¡Yo tampoco! –exclamó con ojos llenos de furia.

Georgie intentó tranquilizarse y añadió:

–¿Qué le dirás a tu novia?

Él se encogió de hombros.

–No es necesario que lo sepa.

–¿Que no es necesario?

–La ignorancia es una bendición.

–Puede que lo sea en algunos casos, pero en éste...

–De todas formas, Jennifer no es tan importante. Nos vemos de vez en cuando y nos divertimos, pero eso es todo. Nuestras vidas son demasiado complicadas como para que podamos pensar en una relación.

–Ah.

Por algún motivo, el monosílabo de Georgie le pareció más hipercrítico y despectivo que todos sus comentarios hipercríticos y despectivos.

–¿Qué pasa? ¿Es que eso también te molesta? –preguntó él, enojado.

–No, en absoluto.

–Ya que has sacado el tema, ¿no hay ningún hombre en tu vida con quien tengas que hablar?

Pierre lo preguntó con malicia, porque sabía que de jovencita nunca había tenido novio. Aunque había pasado mucho tiempo y no le costaba que no lo tuviera en ese momento.

—No, ahora mismo, no.

—Ahora mismo, no —repitió—. ¿Y antes?

Georgie lo miró con frialdad y una mezcla de dolor y resentimiento. Sabía que, a ojos de Pierre, ella sólo era una especie de marimacho. Cuando él era un adolescente y hacía planes para marcharse a Londres y ser rico, ella se dedicaba a subirse a los árboles y recoger trozos de madera en la playa. Cuando ella se hizo mayor y dejó de subirse a los árboles, renunció a los empleos de oficina que buscaban casi todas las mujeres y eligió la enseñanza porque le parecía más divertido. Pero su concepto de la diversión no se parecía al concepto de Pierre. Y para empeorar las cosas, siempre llevaba pantalones o ropa cómoda pero poco elegante.

—¿Tú qué crees?

Georgie quiso preguntarlo con tono desenfadado e irónico, pero lo hizo, o eso le pareció, con el fondo de quien se siente ofendido.

—No tengo ni idea. Aunque francamente, me cuesta imaginarte como una mujer apasionada y capaz de disfrutar del sexo.

—¡Pues te equivocas!

—¿Me equivoco?

Pierre se sintió vagamente interesado por su enérgica protesta. Al entrar en la casa y verla con su camisa, había pensado que le quedaba demasiado grande; pero también, que estaba muy sexy. Había algo muy sensual en su aspecto desaliñado. Una promesa de sorpresas y de placeres ocultos.

–No suelo mantener relaciones sexuales a la ligera, Pierre.

–¿No? Qué curioso, porque es lo más natural entre los jóvenes. ¿O es que Devon es un caso aparte? –se burló.

–¡Devon es exactamente igual que cualquier otro lugar! ¡Estoy harta de que hables de nosotros como si fuéramos extraterrestres! No tiene gracia, Pierre.

–Bueno, no te enfades. Me estabas diciendo que no crees en lo de hacer el amor antes del matrimonio.

–¡Yo no he dicho eso! –dijo, clavando la mirada en sus ojos azules–. Las relaciones sexuales me parecen perfectamente bien, en cualquier circunstancia. Pero no soy tan... desinhibida como tú. Necesito confiar en las personas con quien me acuesto. Además, eso no tiene nada que ver con este asunto.

–¡Por supuesto que tiene que ver! Si mantenemos una relación, lo lógico es que conozca bien tu pasado –alegó.

Georgie se arrepentía profundamente de haberse inventado lo de la relación. Había tomado a Pierre por un hombre atractivo pero muy aburrido a quien sólo le interesaba el dinero y los negocios. Y empezaba a comprender que, por mucho que le interesaran esas cosas, era una persona mucho más compleja y profunda de lo que había imaginado.

–No, no es lógico. Pero aunque no sea cosa tuya, te diré que he mantenido varias relaciones con varios hombres impresionantes y que todas ellas han sido satisfactorias desde un punto de vista sexual.

–Pero no tanto como para que tus relaciones duren, por lo visto...

Georgie se sintió acorralada y cambió de conversación.

—Y dime, ¿cuándo piensas ir a Devon? Has mencionado *un fin de semana largo*, pero supongo que estás muy ocupado.

—Lo que quieres decir es que preferirías que estuviera muy ocupado.

—No, no es eso. Pero si no tienes tiempo para mantener una relación con una mujer como Jennifer, ¿cómo te las arreglarás para librar todo un fin de semana?

—No tengo elección, ¿verdad? Has convencido a Didi y no puedo hacer otra cosa.

—Me siento terriblemente mal. Por mi culpa, tendrás que mentir a tu novia.

—Eso lo deberías haber pensado antes. Además, me parece algo hipócrita por tu parte que te sientas culpable por Jennifer cuando no te ha importado inventarte una relación conmigo —le recordó.

Pierre tenía razón y Georgie lo sabía, lo cual no evitó que lo mirara con cara de pocos amigos.

—Ya que has sacado el tema, el fin de semana que viene estaría bien. Tendré que comprobar mi agenda, pero prefiero que lo hagamos cuanto antes.

—De acuerdo.

Él miró la hora.

—Ahora voy a hacer un par de llamadas y me iré a la cama.

—¿Vas a trabajar?

—Sí, qué raro, ¿verdad? Algunas personas no dejamos nunca de trabajar —ironizó—. Y por cierto, me gustaría ofrecerte un pijama... pero me temo que no uso.

Pierre se marchó de la cocina y Georgie desapareció por la escalera.

Había dedicado la tarde a explorar la casa, así que sabía dónde iría Pierre a trabajar y dónde estaba su dormitorio. Al pensar en el comentario del pijama, se preguntó si lo habría dicho para incomodarla y se sintió realmente incómoda, pero por un motivo distinto: porque lo imaginó desnudo en una cama enorme.

Su imagen de Pierre había cambiado por completo. Antes era un eco del pasado y ahora, un hombre de carne y hueso que le resultaba extrañamente inquietante y atractivo. No entendía su forma de vida. No compartía sus criterios sobre el trabajo y el dinero. Pero el hecho de que fueran diferentes sólo servía para aumentar la atracción.

De repente, ni siquiera sabía por qué había dado por sentado que no estaría con ninguna mujer. Pierre era muy rico y muy guapo. Podía tener a todas las mujeres que quisiera. Que estuviera con alguien como Jennifer era perfectamente lógico.

En ese momento cayó en la cuenta de que, más tarde o más temprano, él la odiaría por haber interferido en su existencia. Incluso era posible que ya la odiara. Más que antes.

Georgie no se pudo dormir.

Pensaba en él. Lo imaginaba en el despacho, trabajando en el ordenador o tal vez hablando por teléfono con su novia, porque no podía ser tan frío como para desaparecer sin ninguna explicación.

Pensaba en Didi y en lo que le dirían cuando pusieran fin a aquella farsa. En su obsesión por ayudarla a salir de la depresión, había actuado precipitadamente y sin pensar. Y ahora estaba atrapada. Nadando en mitad de una tormenta y sin tener un salvavidas a mano.

A la mañana siguiente, cuando despertó, descubrió que la casa estaba vacía. Fue un alivio.

En la cocina encontró una nota de Pierre donde le deseaba buen viaje, muy educadamente, y le pedía que diera recuerdos a Didi de su parte. Georgie la miró y la tiró a la basura. Su letra agresiva y escrita con tinta negra le provocó un escalofrío.

Durante el viaje de vuelta a Devon, abrió un libro con intención de leer. Pero no podía concentrarse. Su mirada terminaba inexorablemente en la ventanilla, y sus pensamientos, en el lío en que se había metido, en lo que Pierre estaría haciendo en ese momento y en lo desastrosos que eran sus planes.

Siempre se buscaba complicaciones que no había previsto. Hacía las cosas sin pensar, como la vez en que adoptó un ganso y lo dejó suelto por el jardín: asustó tanto al cartero que a partir de entonces tuvo que ir a recoger la correspondencia a la oficina de correos. De hecho, a lo largo de los años había adoptado todo tipo de animales. Que ahora sólo tuviera las gallinas era simple casualidad.

Pero aquella situación no tenía nada que ver con animales abandonados. Era como viajar en un coche sin conductor y a toda velocidad. Y normalmente, ésa era una forma perfecta de acabar estampada contra un árbol.

Capítulo 4

NORMALMENTE, cuando Pierre visitaba a su madre, le llevaba su chófer. Así se libraba del tedio del tráfico y podía trabajar en el asiento trasero del Bentley hasta que llegaban a la casa de Didi en Devon. Pero aquel día decidió conducir.

No había hablado con Georgie desde su encuentro de la semana anterior. No había querido porque se sentía incómodo con la farsa en la que estaba participando en calidad de cómplice. Y farsa, por mucho que le disgustara a ella, era la palabra correcta. Sobre todo después de las dos conversaciones que había mantenido con su madre. Didi estaba tan entusiasmada y sentía tanta curiosidad que había tenido que seguir con las mentiras para quitársela de encima.

Además, su relación con Didi había experimentado un cambio desconcertante. De repente estaba muy interesada en él y Pierre no sabía cómo reaccionar. Su madre le había recomendado que se tomara con calma lo de Georgie y le había confesado que siempre había estado preocupada porque trabajaba demasiado y porque temía que no encontrara a la mujer adecuada para él.

Era la primera vez que se atrevía a meterse con su forma de vida. Y peor aún, la primera vez que le confesaba sus verdaderos sentimientos. Él siempre los había sospechado, pero eso era distinto. Ahora no se trataba de leer entre líneas; era algo abierto y explícito.

Toda esperanza de salir de aquel lío se estaba evaporando más deprisa que el agua en un día caluroso. Y Pierre culpaba a Georgie. No estaba acostumbrado a no tener el control de una situación; se había pasado toda la semana maldiciéndola a ella y maldiciéndose a sí mismo por no haberla echado del gimnasio en cuanto la vio.

Tendría que fingir una relación con una mujer que lo irritaba profundamente, y tendría que hacerlo delante de una Didi que los estaría observando, atenta a todos los pequeños detalles que demuestran el amor entre dos personas. Con el agravante de que él nunca había estado enamorado, lo cual significaba que tendría que confiar en su imaginación.

Apagó la radio del coche, se puso un auricular en el oído y marcó el número de Georgie, que ella le había dejado en una nota antes de marcharse de su casa. Eso había sido un acierto, porque no podía llamar a Didi para pedirle su número. Habría resultado altamente sospechoso.

Georgie contestó unos segundos después. Respiraba con dificultad, como si hubiera corrido hasta el teléfono.

–¿Te he interrumpido en algo importante? –preguntó él.

Pierre se la imaginó delante del teléfono con el

pelo revuelto, la boca ligeramente entreabierta y un destello de sorpresa en sus grandes ojos verdes. Se decía que las profesoras eran personas organizadas y eficaces, pero él todavía no había visto esas virtudes en ella. Por lo que sabía, Georgie prefería que la vida le diera sorpresas. Aunque las sorpresas de la vida fueran, en general, malas.

—No, es que me estaba marchado —contestó—. ¿Dónde estás?

—En el coche, de camino a Devon. ¿Esperabas que encontrara alguna excusa para no ir?

—Tu madre no te lo habría perdonado. No la había visto tan entusiasmada con algo desde que tu padre murió.

—Lo sé. Me lo ha dicho.

—Lo siento.

Pierre hizo caso omiso del comentario. A esas alturas, las disculpas estaban fuera de lugar.

—¿Qué debo esperar en casa de mi madre?

A Georgie le pareció que aquélla no era una conversación para mantenerla de pie y se sentó con las piernas cruzadas en el suelo del pasillo.

—Oh, lo de siempre...

—Vamos, Georgie. Didi ha empezado a comportarse como si yo fuera el hijo pródigo. Y eso no es en modo alguno lo de siempre. ¿No te parece?

Georgie carraspeó con nerviosismo.

—Bueno, supongo que te espera una buena cena. Y que sólo quiere que nos lo pasemos bien y que nos divirtamos.

Ella sabía lo de la cena porque Didi se había empeñado a pesar de sus protestas.

—Eso es mucho esperar, teniendo en cuenta las circunstancias.

—Y será muy difícil si sigues enfadado conmigo.

—No estoy enfadado. Sólo resignado.

—¿Como alguien que se resigna a una gripe especialmente molesta?

—Sí, pero esta gripe va a durar bastante más de una semana. ¿Adónde ibas, por cierto?

—¿Cómo?

—Has dicho que estabas saliendo de casa...

—Ah, voy al colegio, a una reunión con los padres. Habré terminado a las cinco y media, así que iré directamente a casa de Didi para ayudarla.

—¿Ayudarla con qué?

—Con la cena, claro.

Pierre gruñó.

—Lo sé, lo sé... Pero no te puedes imaginar lo feliz que se siente, Pierre. En fin, tengo que dejarte. ¡Nos vemos luego!

Pierre se quedó muy sorprendido cuando ella cortó la comunicación. Sin embargo, se sintió algo preocupado. Las temperaturas habían bajado mucho y las carreteras se habían vuelto demasiado peligrosas y oscuras para que Georgie anduviera por el pueblo en bicicleta, como solía hacer. Supuso que tendría el sentido común suficiente para ir en coche y acto seguido pensó que ella tenía cualquier cosa menos sentido común. Georgie le sacaba de quicio. No se parecía nada a la tranquila, refinada y calculadora Jennifer. Pero prefirió no pensar en eso. Había roto con ella dos días antes, mientras se tomaban un café en un local cercano a sus respectivos trabajos. Le había parecido mejor que hablar por teléfono.

Naturalmente, Jennifer le había preguntado por los motivos de su ruptura; y naturalmente, él se guardó la verdad. Era una historia demasiado complicada. Además, estaba seguro de que ella se habría atragantado con el café.

Esperaba que la ruptura le afectara de algún modo, teniendo en cuenta que se divertía con ella y que tenían muchas cosas en común, pero se sentía perfectamente bien. Incluso tenía una vaga y tal vez lamentable sensación de alivio. Como si supiera que, a largo plazo, aquella relación habría terminado en desastre.

El viaje fue largo, aburrido y difícil por el frío y la oscuridad, pero no se arrepintió de haber dejado al chófer en Londres. Hasta el mejor de sus empleados habría sentido curiosidad, y cuantas menos personas supieran lo que sucedía, mejor que mejor.

Llegó al pueblo poco después de las ocho. La casa de su madre estaba a poca distancia del centro del pueblo, en un camino flanqueado de árboles que en verano ofrecían una vista espectacular pero que, en invierno, parecían manos nudosas y largas que apuntaban al cielo. En las ventanas del edificio había luz.

Didi debió de oír el motor del coche, porque la puerta se abrió en seguida y ella se plantó en el umbral con ropa desenfadada, de color negro, y un chal sobre los hombros.

Estaba sonriendo.

Pierre salió del coche con la bolsa de viaje en una mano y el portátil en la otra y caminó hacia ella. Cuando llegó a su altura, la besó en la frente y se llevó una buena sorpresa al ver que su madre lo abrazaba.

–Didi...

Didi lo soltó y lo miró como si lo viera por primera vez.

–¡Me alegra tanto que hayas venido... !

–Bueno, no estés tan sorprendida. Ya te dije que vendría...

–Ya, pero pensé que surgiría algún problema. No habría sido la primera vez. Pero claro, ahora te interesa algo más... –dijo con malicia.

Pierre sonrió. Georgie tenía razón en que su madre había mejorado muchísimo. Estaba radiante. Brillaba como un árbol de Navidad.

–Supongo que estarás deseando verla... ha venido hace un rato, pero se ha marchado a casa para cambiarse de ropa. Por lo visto, la reunión con los padres ha sido más larga de lo que pensaba, y habrá querido relajarse un poco y estar perfecta para ti. ¡Oh, no puedo creer que llevéis juntos ocho meses y que no me hubiera dado cuenta!

–Bueno...

–¡Ocho meses! Pero bueno, no te preocupes, no te voy a someter a un interrogatorio. Sé que a los jóvenes os disgustan esas cosas.

–Eso es verdad –murmuró él.

Al entrar en la casa, Pierre notó que olía maravillosamente.

–Espero que no te hayas molestado por mí, Didi. Georgie me dijo que últimamente no te sentías bien... no me gustaría que te esforzaras demasiado...

–Pero ahora tengo un objetivo importante en la

vida, hijo —le confesó—. Anda, ve a sentarte al salón y te llevaré una copa de vino. A menos que prefieras ducharte, por supuesto. Supongo que estarás cansado por el viaje. Me sorprende que Harry no te haya traído... aunque también me alegro. Así estaremos los tres solos.

—Sí.

Pierre entró en el salón y se sentó a esperar que le llevara el vino. Miró a su alrededor y se fijó en los objetos de su madre, llenos de recuerdos. Había fotografías y artefactos de sus muchos viajes por todas partes. No se había dado cuenta hasta entonces porque, normalmente, cuando iba a visitarla, la llevaba a cenar algún restaurante y al día siguiente salían a comer.

Se levantó y vio que algunas de las fotografías eran de él, de su infancia y de su adolescencia.

—Tengo un montón de cajas de fotos.

Didi se acercó y le dio la copa. Él se ruborizó. Todas las imágenes estaban perfectamente limpias, sin una sola mota de polvo. Lo cual demostraba que eran muy importantes para ella.

Supo que debía decir algo y no encontró las palabras. Pero el timbre de la puerta sonó en ese momento y le sacó del atolladero.

Didi sonrió de oreja a oreja. Parecía tan feliz que Pierre comprendió que Georgie se hubiera inventado aquella historia.

Unos segundos después apareció Georgie. Llevaba abrigo, pañuelo, una botella de vino y un ramo de flores.

Didi se apartó para dejarles espacio y Pierre

pensó que debía tomarse en serio su personaje. Además, era una ocasión perfecta para dar a Georgie una lección.

Dejó la copa a un lado, la miró con ironía y la abrazó.

–Por fin has llegado –dijo mientras le acariciaba el cabello–. Ya estaba contando los minutos...

Georgie intentó decir algo, pero no se le ocurrió nada. Y sintió una descarga eléctrica cuando los labios de Pierre descendieron sobre los suyos y la besaron. Tenía una boca fírme y cálida. Una boca que besaba sin restricciones, apasionadamente.

Cuando sintió el contacto de su lengua, soltó un gemido. Quiso alejarse de él, pero Pierre la abrazó con más fuerza y se lo impidió.

La dejó totalmente sin aliento. Y tan confusa y asombrada que su cara mostraba un rubor intenso cuando miró a Didi.

–Ah, los enamorados... tu padre y yo también nos besábamos así. No podíamos dejar de tocarnos –confesó ella.

–Lo sé –dijo Pierre, mirando a Georgie–. Nosotros tenemos el mismo problema, ¿verdad, cariño?

–¡Sí, sí! –dijo Georgie, con voz demasiado insegura.

–¿Qué tal te ha ido en la reunión con los padres?

Georgie se apartó un poco. Se sentía estúpidamente frágil bajo todas sus capas de ropa.

–Muy bien, gracias. Didi, ¿quieres que ponga las flores en un jarrón?

–No, en absoluto, ya lo haré yo. Sentaos en el salón y descansad un poco. Aunque no lo creáis, todavía me acuerdo de mi juventud... –dijo, sonriente–. Además, tengo que echar un vistazo a la comida...

Didi desapareció en la cocina y Georgie miró a Pierre con rabia.

–¿A qué ha venido eso?

–Se supone que estamos enamorados. Y eso es lo que hacen los enamorados.

–Sí, bueno, pero... ¿no crees que has ido demasiado lejos?

Él se encogió de hombros. Ella se sentó en la única silla del salón. Él se acomodó en el sofá, negó con la cabeza y dio una palmadita en el cojín de al lado.

–Eso no está bien.

–¿Qué?

–Que te sientes en la silla. Una mujer enamorada no se sentaría sola.

Georgie se estremeció. Se había metido en un buen lío. Pierre estaba decidido a interpretar bien su papel.

–Ya, pero nosotros no estamos enamorados.

–Eso es irrelevante. A ojos de mi madre, lo estamos.

Georgie no tuvo más remedio que levantarse y sentarse con él. Pierre la atrajo hacia sí para que Didi los viera muy acaramelados cuando regresara.

Estaba decidido a vengarse. Ni le gustaba Georgie ni la situación en la que le había colocado, pero se iba a asegurar de que se quemara con su propio fuego.

Le acarició la espalda y le pasó un brazo por encima de los hombros. Ella se apartó con la excusa de echar un trago de vino, pero sólo fue un alivio temporal.

Por suerte, Didi llegó en ese momento con una bandeja llena de gambas, rollitos de salmón, mahonesa y un poco de pan. Todo estaba buenísimo, y aunque obviamente las gambas no necesitaban de mucha preparación, demostraban que Didi había cambiado de actitud y que ahora estaba contenta.

—Bueno, ¿me vas a contar cómo os enamorasteis, Pierre?

—Eso, cuéntale, cariño... —dijo Georgie, sonriendo.

—Oh, bueno, no fue nada especial —acertó a decir—. Estas gamas están muy buenas... ¿sabes lo que te digo? Mañana, quédate en la cama. Yo te llevaré el desayuno.

Pierre nunca había llevado el desayuno a su madre, así que era un ofrecimiento verdaderamente extraño. Pero se sintió extrañamente feliz cuando Didi sonrió de oreja a oreja. No se le había ocurrido que un detalle tan inocente pudiera provocar una reacción tan intensa. Normalmente, él se levantaba a primera hora para comprobar el correo electrónico y luego bajaba a la cocina y comía lo primero que encontraba.

—¡Por Dios, Pierre... ! No es necesario, aunque sería encantador por tu padre...

—Ibas a contarle a tu madre cómo nos eramoramos. Y es lógico que quiera saberlo, porque yo no he sido precisamente comunicativa, ¿verdad, Didi? A decir verdad, lo estaba deseando. Pero prefería que se lo contaras tú.

Georgie sintió curiosidad por lo que iba a decir. No habían hablado en toda la semana y sabía que se habría estado reconcomiendo por dentro. Pero ahora se sentía más segura. Había tenido tiempo para pensar y había llegado a la conclusión de que aquello no era tan terrible. Cuando llegara el momento oportuno, pondrían fin a la supuesta relación y no pasaría nada malo.

Pierre echó un trago de vino y dijo:

—Me persiguió. Como un sabueso a su presa.

—¡Eh, espera un momento... !

—¡Georgie! —dijo Didi, divertida.

—No se puede decir que te persiguiera, exactamente... —declaró Georgie.

—¿Ah, no?

Pierre dejó su plato en la mesa y se recostó en el sofá con los brazos cruzados detrás de la cabeza, para poder verla mejor. Georgie se preguntó cómo era posible que Pierre le hubiera parecido aburrido en el pasado. No era aburrido, sino peligroso. Lograba que se le erizaran los pelos de la nuca.

Al parecer, había cometido un grave error al inmiscuirse en su vida. Pero aquello era distinto. O casi.

—No tiene nada de malo que las mujeres hagan el primer movimiento. Yo diría que es perfectamente natural —observó Didi.

—De todas formas, Pierre está exagerando —declaró Georgie, arrinconada.

—Me llamaste tú, ¿recuerdas? Dijiste que estabas en Londres y que te apetecía cenar conmigo. Si eso no fue una invitación... Y claro, ¿qué puede hacer un

caballero en esas circunstancias? –se preguntó, irónico.

Georgie pensó en el caballero que lo había reci-
bido en el gimnasio con hostilidad e impaciencia,
como si de repente se encontrara ante un chucho que
se había atrevido a lamerle los pantalones.

Aquel caballero había resultado más imaginativo
de lo que nunca había imaginado. Se sentía a gusto
en las situaciones peligrosas, y Georgie tomó nota y
se dijo que no volvería a juzgar a nadie a la ligera.

Durante la cena, que fue tan exquisita como el
aperitivo y que regaron con gran cantidad de vino
blanco, Pierre se explayó con encuentros que nunca
habían tenido lugar, con besos que no se habían
dado y con su amor por el cine, que podía ser real
pero que en cualquier caso no habían compartido.

Al final, él le dedicó una sonrisa llena de satisfacción secreta y ella se dirigió a Didi.

–Es un poco tarde, ¿no crees? –dijo con un bostezo–. ¿Por qué no recoges la mesa con Pierre y yo
me encargo de limpiar la cocina?

Didi recogió unos cuantos platos y los llevó a la
pila. Una vez allí, cerró las contraventanas para res-
guardar los cristales del viento del norte y de la
nieve y se giró hacia Georgie.

–¿Cómo has venido a casa, querida?

–En coche –respondió Georgie, sorprendida por
la nevada que estaba cayendo–. Oh, Dios mío, será
mejor que me marche...

–No puedes marcharte a casa con este tiempo.
¿Verdad, Pierre?

–Por supuesto que no –respondió con total sinceridad–. Tu utilitario no está preparado para este tipo de clima. Yo diría que necesita un garaje caliente y una taza de chocolate.

Georgie soltó una carcajada sin poder evitarlo. Era una descripción muy exacta.

—Le he dicho mil veces que lo venda y se compre otro, pero no me hace caso —declaró Didi—. Dice que le tiene cariño.

Didi hizo un esfuerzo por seguir ayudando con los platos. Sin embargo, estaba cansada y agradeció que insistieran en que se marchara a dormir.

—Está bien, me voy. Pero sólo si me prometes que no te irás con esa nevada.

—No te preocupes, me quedaré en la habitación de invitados. Ya sé dónde están las cosas.

—Oh, vamos, Georgina... ¿Me tomas por una dama victoriana o algo así? Sé lo que pasa entre dos jóvenes enamorados. Ya sois mayorcitos y me parece muy bien.

Georgie intentó forzar una sonrisa.

—Pierre y tú compartiréis habitación, faltaría más —continuó la mujer—. ¡Hasta mañana!

Cuando la puerta de la cocina se cerró, Georgie se giró hacia Pierre.

—¡Mira lo que has conseguido!

—Me han acusado de muchas cosas a lo largo de mi vida, pero nunca del mal tiempo.

—Sabes de sobra que no me refiero a la nieve.

Georgie empezó a lavar los platos. Didi no tenía lavavajillas, probablemente porque consideraba que gastar demasiada energía contribuía al calentamiento global, así que llenó la pila y se puso manos a la obra. No se atrevía a mirar a Pierre. Si lo hacía, volvería a imaginárselo desnudo en una cama.

Pero Pierre se acercó y la miró.

—No te hagas la ofendida conmigo, Georgie —dijo con voz seca.

—Sé que todo esto es culpa mía, Pierre. No has dejado de recordármelo en ningún momento. Pero...

—¿Pero? ¿Es que de repente te disgustan las consecuencias de tu propio plan?

Georgie giró la cabeza y se sintió hechizada por aquellos ojos intensos, de pestañas fabulosamente largas y oscuras. Unas pestañas por las que cualquier mujer habría dado su brazo derecho. No le extrañaba que tuviera tanto éxito con las mujeres. Podía tener a quien quisiera y lo que quisiera. Podía seducir a las inteligentes y podía seducir a las bellas.

Parpadeó, intentando volver a la realidad. Él la agarró de los hombros y miró los guantes amarillos, de plástico, que se había puesto para fregar.

—No es necesario que te excedas con tu personaje —acertó a decir.

—¿Y qué quieres que haga? Se supone que estamos enamorados. No puedo comportarme de otro modo —argumentó—. Además, marcharte a casa con ese coche y con este tiempo, sería una locura.

—Lo sé. Pero si fueras un caballero, me habrías ofrecido llevarme en el tuyo. Tu coche no tendría problema alguno con la nieve.

—Pero yo no soy un caballero —dijo sin dudarlo—. Y ya que estamos juntos en esta situación tan ridícula... bueno, tendrás que resignarte. A fin de cuentas es tu plan. Por no mencionar que supuestamente me perseguiste. Mira que presentarte en Londres, entrar en mi oficina y esperarme dos horas sólo para invitarme a cenar...

Pierre se había inventado toda una historia sobre la forma en que se habían enamorado. Se la había inventado sobre la marcha, sin guión previo, pero había disfrutado cada segundo.

—Y luego esas entradas para el concierto de jazz. Eso fue una gran idea —continuó—, porque sabías que me encanta. ¿Cómo me iba a negar? Al final tuviste éxito y conseguiste al hombre que querías.

—No puedo creer que te hayas inventado esa historia.

—Tengo mucha imaginación, Georgie.

Georgie no dijo nada.

—Venga, no me mires con esa cara de cordero degollado. Como dice Didi, estamos en el siglo XXI y no hay nada malo en que dos enamorados se acuesten sin estar casados.

Pierre miró la hora y añadió:

—Voy a trabajar durante más o menos una hora. Si necesitas ropa de cama, puedes ponerte alguna de mis camisas. Al fin y al cabo no sería la primera vez. Y añadirías un toque muy interesante a la situación... envolverte en la ropa de tu hombre para aspirar su aroma. Qué romántico.

—Sí, tronchante. Tampoco sabía que tuvieras sentido del humor.

Georgie pensó en las posibilidades que tenía. Podía fregar a toda velocidad, subir a toda prisa a la habitación y quedarse dormida antes de que apareciera él. Era difícil, pero no imposible. Y si estaba dormida, no la molestaría.

Se puso en acción en cuanto Pierre se marchó, y fue tan rápida que todavía tenía cuarenta minutos por delante. Cuando subió al dormitorio, se acercó a la ventana para correr las cortinas de terciopelo y contempló el paisaje nevado.

La habitación no era muy grande; ya la conocía porque había dormido un par de veces en ella. Tenía una cama enorme y un armario antiguo, de caoba, con espejos en la parte delantera y varios cajones abajo. También había una cómoda, junto a la ventana. Pero ningún sofá cama. Ni otro lugar donde Pierre pudiera dormir.

Pero lo peor de todo fue que, al final, no tuvo más remedio que ponerse una de las camisas de su supuesto amante. Y que estaba impregnada de su masculino, fresco y profundamente atractivo aroma.

Cerró los ojos y su piel se tensó en la oscuridad con el recuerdo del beso que se habían dado.

Intentó borrar la imagen de su cabeza. Aquello no podía funcionar.

Se tumbó en uno de los extremos de la cama, dejando el mayor espacio posible, e hizo un esfuerzo por concentrar su pensamiento en los problemas del colegio y en la función teatral que iban a dar en Navidad.

El truco no funcionó. Así que empezó a contar ovejas. Y al cabo de un buen rato, se quedó dormida.

Capítulo 5

PIERRE no sabía lo que le esperaba. Georgie podía estar durmiendo o simplemente, fingiendo. Pero cuando entró en el dormitorio y oyó su respiración, supo que se había dormido de verdad.

Las cortinas estaban echadas y la oscuridad era tan impenetrable que tardó unos segundos en ver algo. Y lo que vio, le dejó sin aliento: Georgie se había tumbado en un extremo, pero había sacado una pierna de debajo del edredón y la tenía doblada, provocativamente, sobre éste.

Cerró la puerta con mucho cuidado, para no despertar a su madre ni a la propia Georgie y avanzó por la habitación. Ya se había duchado en el cuarto de baño de abajo, y había tenido la cortesía de ponerse unos calzoncillos y una camiseta para no espantar demasiado a su compañera de cama.

Pierre sonrió. Por lo visto, ella no se había resistido a la tentación de seguirle el juego y tomar prestada una de sus camisas. Y sonrió todavía más al recordar la cara de indignación que puso cuando insinuó que lo haría para sentir su aroma. Georgie era muy fácil de provocar. Además, tenía una de esas caras incapaces de ocultar sus sentimientos. Y no era fría ni tranquila ni contenida.

Se metió bajo el edredón y se las arregló para ta-
parla bien sin despertarla. Por su posición, supo que
se había tumbado al borde de la cama para evitar
todo contacto; pero al dormirse se había movido
bastante hacia el centro.

La posibilidad de que sintiera una descarga de
pasión al rozar el cuerpo de Georgie le parecía tan
remota como imposible, pero Pierre no era ningún
ingenuo en lo relativo al sexo contrario. Aunque el
internado había sido terrible para él, al menos había
servido para endurecerlo; y cuando más tarde empezó a estudiar con chicas, no tardó en volverse un
especialista del coqueteo. Su confianza en sí mismo,
su madurez y su atractivo bastaban para que no tuviera que hacer muchos esfuerzos cuando quería
acostarse con alguien. De hecho, era la primera vez
que encontraba a una mujer en su cama y estaba
dormida.

Intentó recordarse que Georgie no era exactamente una mujer para él. Se apoyó en un codo y la
miró. Ahora ya se había acostumbrado a la oscuridad y podía distinguir sus rasgos delicados, su boca
ligeramente abierta, su largo y suave brazo descan-
sando sobre el edredón, la mano casi cerrada.

Pierre no había buscado aquella situación, pero
en el fondo se alegraba. Didi nunca se había portado
tan cariñosamente con él. De niño pasaba casi todo
el tiempo en el internado; además, sus padres traba-
jaban siempre en el campo. Hasta cierto punto era
lógico que hubiera levantado un muro de resentimiento a su alrededor.

Era posible que ellos intentaran incluirlo en sus

vidas, pero no lo recordaba. Los problemas de comunicación eran graves en cualquier caso, y mucho más cuando se trataba de padres e hijos. Luego, cuando se hizo mayor, las cosas siguieron por el mismo camino. Ellos seguían con su forma de vida y él les criticaba y les daba consejos sobre la forma de invertir su dinero. Una situación tan tensa que siempre se alegraba cuando por fin volvía a Londres.

Pero las cosas habían cambiado.

Se giró hacia Georgie, que seguía durmiendo. Estaba cansado. El viaje había sido largo y encima había sumado más de una hora de trabajo en el ordenador. Pero podría dormir unas cuantas horas.

Despertó antes del amanecer. Todo estaba a oscuras y no se oía nada. Simplemente, había sentido un movimiento.

Junto a la puerta del dormitorio había una silueta. Era Georgie. Y caminaba hacia la cama con sumo cuidado, como si temiera tropezar.

—Puedes encender la luz si quieres —dijo él.

—¿Qué haces despierto?

Pierre encendió la lámpara de la mesita de noche y ella se metió debajo del edredón. Se había ruborizado.

—Ya puedes apagar. Tenía que ir al cuarto de baño, pero me gustaría seguir durmiendo. Siento haberte despertado.

—No te preocupes, tengo el sueño muy ligero. Supongo que es porque todos los veranos, cuando volvía del internado, me despertaban los ruidos de los animales. No estaba acostumbrado a ellos... y créeme, una oveja o un búho pueden ser los bichos más ruidosos de la tierra.

Ella no dijo nada. Bostezó, le dio la espalda y su cuerpo se quedó rígido.

—¿Sabes que he roto con Jennifer?

—Lo siento mucho.

—¿Por qué? Ya te dije que no era nada serio. No, no hay ningún problema. Pero pensé que debía ser justo con ella. Tenerla esperando mientras estoy con otra mujer habría sido poco caballeroso —declaró.

—Bueno, no se puede decir que estés realmente con otra mujer.

—¿Ah, no? —preguntó, mirándola—. O mucho me equivoco, o estamos durmiendo en la misma cama. ¿Cómo llamarías tú a eso?

—Diría que es el resultado de combinar a Didi con una nevada.

—¿Sabes que eres la primera mujer con la que duermo?

Pierre no tenía intención de confesarle algo así, y fue el primer sorprendido.

—No digas tonterías. ¿Crees que he nacido ayer? Es completamente imposible que...

—¿Por qué te resulta tan difícil de creer?

—¿Por qué me resulta difícil de creer que Pierre Christophe Newman no haya dormido nunca con una mujer? Ja, ja... ¡Es como si dijeras que Casanova se dedicaba a hacer calceta en su tiempo libre!

—¿Eso es lo que crees que soy? ¿Un donjuán?

Georgie contuvo la respiración. Incluso en la oscuridad del dormitorio, era consciente del magnetismo animal de Pierre. Le llegaba en olas intensas, interminables, que ponían en tensión todos sus nervios. Podía sentir su calor en todo el cuerpo, desde la cara hasta los pechos y la entrepierna.

—Creo que será mejor que sigamos durmiendo. Si deja de nevar y limpian las carreteras, me volveré a casa a primera hora.

—No puedes marcharte. ¿Qué pensaría Didi si se levanta y ve que te has ido? Se supone que estamos enamorados. Lo mínimo que podemos hacer es charlar un poco.

—¿En la cama?

—Bueno, es un lugar bastante cómodo y quiero aclarar lo que he dicho antes. Me refería a que nunca me había quedado a pasar la noche entera con una mujer.

—¿En serio? —preguntó con curiosidad y sorpresa.

Pierre había conseguido despertar su interés. Ya no le intimidaba tanto su cercanía.

—No es tan raro, creo yo.

—¿Cómo es posible?

—¿Tú has pasado una noche entera con un hombre?

—No estamos hablando de mí. Además, yo no soy...

—¿Una Mata Hari? —la interrumpió, encantado con su incomodidad—. A mí no me parece que sea extraño. No me gusta despertar y encontrar a una mujer en mi cama.

—¿Por qué? ¿Para evitar el peligro de desear algo permanente?

Pierre se puso tenso.

—No me digas que vas a ponerte moralista conmigo.

—No, es demasiado temprano para eso. Pero más tarde, cuando amanezca...

Pierre se preguntó dónde habría aprendido Georgie a seducir a los hombres. No podía ser más desastrosa en ese sentido. Todo lo que decía parecía estrictamente pensado para alejarlo de ella.

—No se trata de eso, Georgie. Como sabes, mis horarios son muy irregulares. A las mujeres no les suele gustar que te levantes a las tres de la madrugada para hablar por conferencia con el otro extremo del mundo. Hay que encender luces, hacer ruido... en fin, esas cosas. Pero es posible que tengas razón. Puede que no quiera pensar en una relación permanente —confesó.

Georgie gruñó con cierta satisfacción.

—Pero ya que estamos con las confesiones —continuó él—, ¿alguna vez has pasado una noche entera con un hombre?

—Por supuesto que sí.

Pierre se quedó asombrado. Georgie era una marimacho que se dedicaba a enseñar a niños y cuidar gallinas; la idea de que tuviera relaciones sexuales le resultaba increíble. Además, en Devon no había vida nocturna. A partir de ciertas horas, y por mucho que se empeñara, no encontraría un hombre disponible en ninguna parte.

Pero no era un problema de atractivo. Supuso que era atractiva a su modo y que a algunos hombres les gustaría su cabello rubio y sus ojos verdes. Incluso era posible que les agradara su costumbre de actuar primero y pensar después. Seguramente serían hombres de campo, los típicos individuos que despertaban a primera hora de un viernes, veían un cielo azul, faltaban al trabajo y se marchaban a hacer montañismo.

—¿Te sorprende?

—No, ni mucho menos —mintió—. ¿Por qué me iba a sorprender? La mayoría de las mujeres de tu edad han pasado muchas noches en compañía de un hombre. ¿Pero quién era? ¿Alguien que yo conozca?

—Eso sería difícil, porque no mantienes relaciones con nadie de Devon. Renunciaste a esas cosas cuando te marchaste a conquistar las luces brillantes de la ciudad.

—¿Por qué tienes siempre que insinuar que mi ambición es mala? —preguntó, cruzándose de brazos, mientras ella se giraba para mirarlo.

Georgina se apoyó en un codo. En cierta manera, aquella conversación estaba derivando por caminos peligrosos. Pero sólo era eso, una conversación. Y muy útil, de hecho, si tenía en cuenta el juego al que estaban jugando.

—¿Eso es lo que hago?

—Sabes que sí, Georgie. Y me preguntó por qué. ¿Es porque siempre has tenido tanto miedo de marcharte de aquí que te dedicas a criticar a los que lo han conseguido? Tus padres fallecieron cuando eras pequeña y te quedaste a cargo de los míos... ¿Sigues en Devon porque te sientes obligada? ¿Porque es el único lugar donde has tenido seguridad?

—No sabía que te gustara la cháchara psicologizante, Pierre —dijo con frialdad—. Pero te equivocas. Yo no critico a la gente que se marcha de Devon. Sé que para algunos es lo mejor que pueden hacer.

—Ya, pero en mi caso...

—Dejémoslo. Quiero seguir durmiendo.

Ella cerró los ojos como si así pudiera bloquear la conversación.

—No podrás.

—¿Por qué?

—Porque los dos estamos completamente despiertos.

—Es verdad. Deberías aprovechar el tiempo y trabajar un rato.

Normalmente, Pierre habría hecho eso. Pero aquel día tenía ganas de romper la tradición.

—No estoy seguro de que me atreva a encender el ordenador. La casa estará helada. Y aunque soy capaz de renunciar a muchas cosas por mi profesión, morir congelado no es una perspectiva interesante.

Georgie sonrió a regañadientes y lo maldijo en silencio.

—¿Y bien? Cuéntame algo más... ¿Mantuviste una relación larga con ese hombre? ¿Fue algo más o menos serio? —preguntó.

Ella pensó que negarse a contestar sería contraproducente. Didi creía que estaban enamorados, y en tal caso, Pierre debía conocer ciertos detalles de su vida. Pero le pareció una situación muy irónica. Había pasado la noche con un hombre que afirmaba no haber pasado una noche entera con una mujer por miedo, precisamente, a que la dama apareciera con un anillo de compromiso.

—Sí, bastante serio.

Pierre sintió curiosidad y contempló su perfil.

Para ser alguien que siempre le había parecido transparente como el agua, estaba resultando bastante compleja.

–¿De verdad?

–Incluso consideramos la posibilidad de casarnos.

–¿Y qué pasó?

–Nada. La vida –respondió, encogiéndose de hombros–. Nos conocimos en la universidad, nos enamoramos y disfrutamos de dos años maravillosos. Pero no funcionó, ya sabes.

–¿Eso es todo?

–Vamos, Pierre, yo no te he sometido a un interrogatorio sobre tus novias –dijo, irritada–. Y sí, eso es todo.

–¿Dónde está ahora?

–Según creo, se ha casado, se ha marchado a vivir a la otra punta del mundo y tiene un hijo.

–Ah.

Georgie esperó a que añadiera algo más, pero no lo hizo.

–¿Qué quieres decir con ese *ah*?

–Que debió de ser muy duro para ti. Cuando una mujer joven, vulnerable y confiada se enamora de un hombre y las cosas se estropean, es duro. Pero todavía más si ese hombre se marcha con otra mujer y tiene un hijo con ella –afirmó–. ¿Ése es tu problema? ¿Te hizo tanto daño que ya no confías en ningún hombre?

–Será mejor que nos levantemos.

–Los pájaros ni siquiera han empezado a cantar –protestó.

Pierre pensó que era increíblemente guapa y le extrañó no haberse dado cuenta antes. Tenía menos años que la mayoría de sus ex novias, pero su expresión no se debía tanto a la edad como a la vida que llevaba. Las abogadas y banqueras mostraban el estrés de sus profesiones en todas las arrugas.

–¿Todavía estás enamorada de él? –continuó.

Imaginó que sería uno de esos hombres irresponsables que de repente se marchaban al Tibet con la excusa de encontrarse a sí mismos y que, en algún lugar del camino, conocían a una mujer que era la horma de su zapato. Seguramente tenía barba y llevaba sandalias en invierno.

–¿A qué se dedicaba? ¿En qué trabajaba? ¿Tenía un empleo? –insistió.

–¡Por supuesto que tenía un empleo, Pierre! Empezó a trabajar como periodista en el último año de la carrera. De hecho, se marchó para hacer un reportaje sobre el calentamiento global y sus efectos en Australia... pero conoció a una mujer. Todavía nos mantenemos en contacto y nos escribimos.

–Si lo querías tanto, ¿por qué no te fuiste con él?

–Porque...

Georgie calculó sus palabras. La idea de marcharse con él la había asustado. Pierre tenía razón al decir que se sentía demasiado apegada a Devon. Pero obviamente, no le dijo la verdad.

–Porque todavía estaba estudiando y quería terminar la carrera.

Hizo ademán de levantarse de la cama, pero Pierre se le adelantó a pesar de que la casa estaba realmente congelada. Didi tenía la manía de apagar la calefacción de noche. No lo hacía por dinero, puesto que él le daba más del que podía gastar, sino por su costumbre de economizar en cualquier circunstancia.

Se puso los pantalones y notó su mirada de incomodidad. Le pareció divertido. Llevaba más ropa encima que la que habría llevado en una playa.

–No hace falta que huyas, Georgie.

–No iba a huir.

–Encenderé la calefacción. Este sitio es un congelador... ¿a qué está jugando Didi?

Georgie murmuró algo ininteligible. Pierre desapareció y ella volvió inmediatamente al calor de la cama.

Era más tarde de lo que había imaginado. Casi las siete en punto.

Empezaba a amanecer y pensó que podía vestirse, marcharse a casa para echar de comer a las gallinas y tal vez regresar más tarde, a última hora de la mañana, para comer. Didi sabía que estaba ocupada con las actividades navideñas del colegio. Faltaba poco tiempo y siempre era una época complicada. Además, le había advertido que no podría quedarse allí todo el fin de semana. Aunque por supuesto, no había dicho por qué.

Corrió al cuarto de baño, tan silenciosamente como le fue posible, se lavó la cara y, a falta de cepillo, se puso un poco de dentífrico en un dedo. Pensó que sería mejor que llevara un neceser consigo. Por lo menos, para tener una muda de ropa interior, un cepillo de dientes y maquillaje para casos de urgencia.

Al terminar, se hizo una cola de caballo. La casa empezaba a estar más caliente, lo que significaba que Pierre había tenido éxito con la calefacción. Por suerte, el sistema de Didi era bastante más moderno y estaba en bastante mejor estado que el de ella. Su calefacción sonaba como un coche viejo cuando la encendía.

De espaldas a la puerta, y con la seguridad de que Pierre estaría con su ordenador, en alguna parte, se quitó la camisa con intención de vestirse y se acercó a la ventana para ver si había dejado de nevar. No era así, pero ahora sólo caían unos cuantos copos. Nada que le impidiera volver al hogar.

Se giró, pensando en la excusa que daría para marcharse, y se encontró de frente con Pierre. Ella misma había provocado la situación, porque al volver del cuarto de baño había dejado la puerta entreabierta por miedo a que el ruido despertara a Didi. Y por culpa de eso, no le había oído llegar.

Su sorpresa fue tal que ni siquiera pudo levantar los brazos para taparse los pechos desnudos. Se quedó allí, parada, boquiabierta, mirando al hombre que llevaba una bandeja con dos tazas de café humeante y unas tostadas.

Georgie reaccionó al fin y se tapó. Su cara tenía un tono rojo brillante.

–¿Se puede saber qué haces aquí? –preguntó–. ¡Se suponía que estabas abajo, trabajando! ¡Es lo que dijiste!

Pierre dejó la bandeja en la cama.

–Yo no he dicho eso. Si quieres vestirte, me marcharé; aunque supongo que sería como cerrar la

puerta del establo cuando la yegua ya ha salido....
Pero no te preocupes, no es la primera vez que veo
el cuerpo de mujer.

Él tuvo que hacer un esfuerzo para hablar con na-
turalidad. Porque ciertamente, había visto a muchas
mujeres desnudas; pero nunca a Georgina. Y por
mucho que ahora se tapara con los brazos, no podía
dejar de pensar en la imagen que se le había presentado al entrar en el dormitorio.

Era tan esbelta como imaginaba, y de senos pequeños, con pezones rosados que lo excitaron inmediatamente.

Las mujeres con las que había estado eran, sin
excepción alguna, más altas que ella y más exube-
rantes. En comparación, Georgie resultaba juvenil,
inocente, algo añiñada. Y sin embargo, irresistible.

Frunció el ceño ante su propia e inesperada reacción, le dio la espalda y esperó a que se vistiera. Por
los ruidos que hacía, parecía empeñada en batir un
récord de velocidad.

Por fin, se giró y la encontró en la misma posición que antes, con los brazos cruzados, pero ves-
tida. Había descorrido las cortinas y la luz gris del
día daba un aire espectral a la habitación.

–Le dije a mi madre que le llevaría el desayuno a
la cama. No he ido a trabajar... he ido a preparar el
café –explicó.

–¡Deberías habérmelo dicho!

–¿Quieres decir que debería haberte pedido per-
miso? –dijo mientras avanzaba hacia ella–. Estás
temblando como un flan...

La tocó en un brazo y sintió su tensión. Tenía una

piel tan suave como la de los melocotones. Pero su incomodidad le estremeció y desconcertó a la vez.

–Márchate –espetó.

Pierre hizo caso omiso. Y ella no intentó romper el contacto.

–¿Por qué? –preguntó con suavidad–. ¿De verdad quieres que me vaya?

–¡Sí! –mintió–. Por supuesto que sí.

Ni ella misma estaba convencida de sus palabras. En consecuencia, resultaron poco verosímiles.

Pierre le soltó la cola de caballo y ella tomó aliento. Su actitud le sorprendía tanto como su propia confusión. No sabía qué hacer ni cómo comportarse.

–Tienes unos senos preciosos –declaró, rozándole la cara con los labios–. ¿Puedo tocarlos?

Georgie no dijo nada. Lo deseaba tanto que estaba temblando literalmente. Y aquello aumentó su desconcierto porque tampoco sabía cuándo había empezado a desearlo, cuándo había empezado a perder el control de la situación.

Sintió que llevaba una mano a su cintura y que la introducía por debajo de la primera de las muchas capas de ropa que se ponía en invierno.

–Quien calla, otorga –dijo él, avanzando hasta llegar a uno de sus senos–. No llevas sostén... ¿es por qué te has vestido a toda prisa?

–Esto es una locura –acertó a decir.

–¿Lo es? Olvidas que estamos enamorados...

–No estamos enamorados... lo sabes... esto no... no deberíamos....

–No, es verdad, no deberíamos... –dijo él–. ¿Pero qué pasa si lo deseo?

Pierre ya no pudo contenerse. Cerró la mano sobre el pecho y le acarició dulcemente el pezón, con movimientos circulares. Se endureció enseguida y supo que ella estaba tan excitada como él. Podía sentirlo en su calor, en su tensión, en la energía que irradiaba.

Empezó a desabrocharle la blusa de color azul pálido y se la quitó para volver a verla como la había visto antes, al entrar en el dormitorio. Esta vez, Georgie no lo miró con expresión de pánico. Esta vez no intentó taparse. Se limitó a bajar la cabeza y a respirar con dificultad.

Tuvo que ponerle un dedo debajo de la barbilla para que lo mirara a los ojos.

–¿Estás tan excitada como yo? –preguntó con voz sensual.

La respuesta estaba en su mirada. A pesar de lo cual, Georgie se habría marchado si hubiera podido.

Los dos estaban atrapados en aquella situación. Pero Pierre sintió algo nuevo, algo tan inesperado como lo demás. Pensó que ella había mantenido una relación de dos años con un hombre, que se había entregado a él y sintió celos.

–Sí, claro que sí –continuó–. ¿Quieres que te siga tocando? ¿Qué pasará si hago esto... ?

Pierre se inclinó y ella echó la cabeza hacia atrás y soltó un gemido de placer cuando él empezó a lamerle y a succionarle el pezón sin misericordia. Y su otro seno no estaba al margen. También le dedicó atención. Lo acarició con la mano izquierda y Georgie se estremeció, encantada.

La camisa cayó al suelo. Ella se arqueó hacia delante para facilitarle el acceso a sus senos. Después, abrió los ojos y lo miró mientras le lamía sus sensibles pezones.

Había algo increíblemente masculino en su amor hambriento e insaciable. Sus relaciones sexuales anteriores habían sido más bien tranquilas, suaves, y supuso que debía estar asustada. Pero no era así, ni mucho menos. Pierre lograba que se sintiera más femenina que nunca.

Mientras devoraba sus pechos con la boca, deseó que aquel hombre enorme y poderoso se arrodillara ante ella.

Separó los muslos automáticamente y emitió un sonido extraño, mitad gemido y mitad grito, cuando él le levantó la falda y le acarició las piernas con las dos manos hasta llegar a sus muslos.

Deseaba que siguiera adelante. Lo deseaba tanto que se habría entregado a él sin dudarlo un segundo. Pero en ese momento, la puerta del dormitorio se abrió y su pequeño y privado mundo saltó en mil pedazos.

Pierre se levantó de inmediato. Ella alcanzó la camisa y tuvo el tiempo justo de ponérsela antes de que Didi apareciera.

—Oh, vaya, lo siento... Os he interrumpido...

—No, no, sólo estábamos... íbamos a... bueno, a punto de bajar —acertó a decir Pierre.

Didi retrocedió y empezó a cerrar la puerta.

—No hay prisa alguna...

Volvieron a quedarse a solas, pero ya era demasiado tarde. Georgie volvía a ser la de siempre.

—Esto no volverá a suceder —dijo—. Nunca. ¿Entendido?

Pierre se apoyó en la pared y la miró. *Nunca* era una palabra que ni siquiera existía en su vocabulario. Pero se mantuvo en silencio.

Georgie pasó a su lado sin decir palabra y salió de la habitación, dejándole con la impresión de que se enfrentaba a un reto.

Sin embargo, los retos no eran ningún problema para él. Siempre le habían gustado.

Capítulo 6

GEORGIE no consiguió escapar hasta después de las nueve. Y aun así, tuvo que enfrentarse a un aluvión de protestas de Didi, quien no creía que su pequeño utilitario aguantara el viaje. Creía que se estropearía en algún lugar entre la propiedad de los Greengage y el centro del pueblo.

Mientras Pierre la observaba desde la pila, donde estaba fregando unos cacharros, su madre se dedicó a intentar convencerla para que esperara una hora más y pudieran llevarla a casa en el Bentley.

Georgie tuvo que echar mano de toda su imaginación para poder huir sin parecer que estaba huyendo y para dar la impresión de que habría admitido la oferta de Didi si tal cosa hubiera sido posible.

Al final, lo consiguió. Y ahora estaba de vuelta en su hogar y con todo un día por delante, porque Didi y Pierre habían quedado en ir de compras y, con un poco de suerte, no volverían hasta última hora de la tarde.

Ya no nevaba. Hacía mucho frío, pero el cielo estaba azul, el sol brillaba y el paisaje blanco empezaba a derretirse. Georgie cruzó los dedos para que el tiempo empeorara; de ese modo irían a cenar a algún restaurante. Cualquier cosa era preferible a correr el riesgo de perder el control otra vez.

Cuando pensó en lo sucedido, tuvo que apoyarse en un mueble y cerrar los ojos.

No sólo la había tocado, sino que ella deseaba que la tocara y prácticamente se había rendido a sus caricias, sin protestar.

Estaba tan desesperada que se puso a hacer todo tipo de cosas. Limpió la casa de arriba abajo, lo cual la dejó agradablemente exhausta para la hora de comer, y luego empezó a trabajar con el traje de Papá Noel, que estaba en mal estado tras muchos años de uso por parte del señor Blackman, el encargado de disfrazarse y de llevar el saco con los regalos para los niños. Faltaban pocos días para la Navidad y la barba blanca casi parecía una alfombra sucia.

Pero el trabajo no consiguió que dejara de pensar en Pierre. Imaginaba su boca en los senos, sus manos sobre la piel, su propia y maravillosa sensación de querer rendirse a una fuerza superior a ella. Nunca había experimentado nada tan intenso. Stan había sido un amante tranquilo; Pierre, absolutamente arrebatador.

A las cinco y media sonó el teléfono. Era Didi, y estaba tan contenta por la jornada de compras con su hijo que no se parecía nada a la mujer deprimida y cansada de unos días antes. Le contó todo lo que habían hecho, desde la comida en un hotel hasta el té que se había tomado, pasando por las tiendas donde habían comprado los regalos y los adornos para el árbol de Navidad.

Georgie intentó imaginar a Pierre de compras navideñas. Nunca lo habría creído capaz de hacer una cosa así, pero para entonces ya era consciente de haber cometido unos cuantos errores de apreciación con él. Ni era aburrido ni carecía del sentido del humor ni estaba totalmente obsesionado con el trabajo. Definitivamente, tendría que replantearse su capacidad para juzgar a la gente. Y sobre todo, a los hombres.

En cambio, ella ni siquiera conocía el terreno que pisaba. La mujer encantadora y animada que había tramado aquel plan descabellado y que se creía capaz de mantener el control había desaparecido por completo. Había sucumbido a la avalancha de poder sexual de Pierre.

—El tiempo ha mejorado muchísimo —le dijo Didi en aquel instante—, así que hemos pensado que podríamos cenar en Chez Zola. Es un sitio terriblemente formal, lo sé, y si prefieres que nos quedemos en casa...

—No, no —dijo ella, encantada de ir a un lugar público—. Me parece muy bien que salgamos. Además, quiero que me cuentes todo lo que has hecho... ha pasado mucho tiempo desde la última vez que fuiste de compras, Didi.

—Bah, dudo que eso te interese, Georgie. Tendrás cosas más importantes en las que pensar...

—¡Por supuesto que me interesa! Pierre y yo... bueno, ya hablaremos más tarde...

—Está bien. Entonces, pasaremos a recogerte alrededor de las siete. Es algo temprano, pero no quiero arriesgarme a que el tiempo empeore otra vez.

Georgie estuvo de acuerdo. Didi le había ofrecido la ocasión perfecta para mantener las distancias con Pierre y volver aquella noche a su casa.

Más relajada que antes, empezó a vestirse. Y se puso lo único refinado que tenía en el armario: un vestido de manga larga, de color borgoña, y unos zapatos de tacón alto en lugar de sus botas habituales. No había estado en Chez Zola, pero le habían dicho que no era lugar para presentarse con ropa desenfadada.

A las siete de la tarde, Pierre llamó a la puerta y la ayudó a ponerse el abrigo.

—Es un vestido precioso. Lástima que no pueda decir lo mismo del gorro de lana.

—Me lo quitaré cuando lleguemos al restaurante —espetó.

Georgie pensaba que ya se había tranquilizado lo suficiente y que ya estaba preparada para enfrentarse a él, pero se equivocó. Estaba muy atractivo con el abrigo oscuro que dejaba entrever una camisa blanca y unos pantalones grises. Además, su cuerpo parecía especialmente consciente de su presencia.

—Y hasta llevas zapatos...

—Suelo llevarlos.

—Sí, pero de obrero de la construcción —se burló él.

—Te recuerdo que trabajo en un colegio. Me pongo cosas prácticas y útiles, nada más —dijo, enfadada.

—Bueno, bueno... Se supone que estamos enamorados, ¿recuerdas? Debes tratarme con más amabilidad.

Pierre había pasado un día sorprendentemente agradable con su madre. Nunca había estado de compras con ella, o por lo menos no lo recordaba, y se había divertido mucho. Al final, Didi estaba tan cansada que se había agarrado de su brazo. Y tal vez por eso, Pierre tenía la sensación de que jamás, en toda su vida, se habían comunicado tan bien.

—No estamos enamorados —declaró ella.

Pierre pensó que tenía razón, pero sólo de momento. Aquella mañana había sido una especie de revelación para él. El marimacho irritante había resultado ser una mujer sensual y apasionante que, además, lo deseaba.

—Pero no queremos que Didi lo sospeche, ¿verdad?

Él le pasó un brazo alrededor de la cintura y tuvo la impresión de que ella se habría apartado si hubiera podido. La llevó al Bentley y abrió la portezuela. Didi estaba esperando dentro, de muy buen humor. Se había puesto su falda verde preferida y un jersey oscuro que, según le confesó durante el trayecto en coche, le había regalado su hijo esa misma tarde.

Cuando llegaron al lugar, Pierre entró a preguntar por la reserva y ellas se quedaron unos segundos a solas.

—Bueno, no tiene nada de particular que te haga un regalo —dijo Georgie.

—No, pero normalmente sólo lo hace en alguna ocasión especial. Nunca se olvida del día de la madre, por ejemplo, pero ésta es la primera vez que me compra algo de forma espontánea. Significa mucho para mí. Es un gesto de amor.

—Pues claro que sí. Te quiere.

–No, querida, no me has entendido. Significa que está enamorado.

Georgie se salvó de opinar al respecto porque Pierre volvió entonces. Al parecer, unos clientes habían cancelado una reserva por el mal tiempo y les pudieron ofrecer la mejor mesa de todo el restaurante. Estaba en una esquina, y ella se fijó en las fotografías que llenaban las paredes. Había muchos rostros de famosos.

Como Didi estaba presente, la conversación transcurrió por caminos más o menos razonables. Nada que Georgie no pudiera controlar. Además, se animó mucho al recordar que Pierre volvería al día siguiente a Londres y que ya no estaría obligada a demostrarle amor en presencia de su madre.

Pero su alivio duró poco. Después de pedir los platos y el vino, él se echó hacia atrás y dijo, con una despreocupación que a Georgie le pareció inquietante:

–Creo que podría acostumbrarme a los espacios abiertos. Esto es muy distinto a Londres.

–Me sorprende que digas eso, Pierre –comentó su madre.

–También me sorprende a mí –le confesó–. Puede que me esté volviendo más tranquilo con la edad. ¿Qué te parece, Georgie?

–Que eres un hombre de ciudad, Pierre. Siempre has querido vivir en la capital. Te gusta la acción, los retos... es una adición en muchos sentidos. Y por mucho que disfrutes de la tranquilidad de la vida rural, lo echarías de menos. Mucha gente comete ese error. Compran casas en el campo pensando que es lo que quieren, pero no saben nada de la vida real en el campo. Aquí no hay clubs a todas horas; no hay conciertos ni obras de teatro ni bares ni supermercados que abran hasta las tantas... Pero bueno, supongo que tendremos que acostumbrarnos a esta situación. Es uno de los problemas de mantener una relación a tanta distancia.

–Londres no está tan lejos, Georgie –dijo Didi.

–No, pero no se trata sólo de eso, ¿verdad, Pierre?

Pierre frunció el ceño ligeramente y ella pensó que tal vez se estaba excediendo un poco. No debían preocupar a Didi.

–¿Ah, no? –preguntó él.

–No, claro que no... –acertó a decir.

A pesar de todo, la actitud de Pierre le pareció sorprendente. Le había ofrecido una ocasión perfecta para empezar a alejarse de ella; y en lugar de aceptarla, reaccionaba como si realmente no entendiera lo que decía. O era verdad o intentaba torturarla y reírse un poco a su costa.

–¿Qué quieres decir, querida? –preguntó Didi.

–Oh, nada... Simplemente, las personas tenemos formas de vida distintas y a veces son difíciles de compaginar –respondió.

–Bueno, recuerda que los obstáculos pequeños tienden a parecernos gigantes. Y en cualquier caso, también es verdad que las dificultades nos hacen más fuertes... a veces, hasta sirven para fortalecer una relación –comentó la mujer.

Georgie gruñó. En ese momento apareció el camarero con el vino y casi sintió que venía en su rescate. Cuando se marchó, Didi retomó la conversación donde la había dejado y se puso a hablar sobre la facilidad que tenían los jóvenes para separarse a la primera de cambio.

Ella echó un buen trago de vino y apretó los puños por debajo de la mesa.

—Sí, tienes razón —dijo—. Pero es que Pierre es tan... no sé. Es tan ambicioso y excitante y experto... Temo que te aburras conmigo, cariño.

Georgie extendió un brazo y le dio un apretoncito en la mano, aunque en realidad aprovechó el momento para clavarle las uñas sin que Didi se diera cuenta. Pero él le llevó la mano a sus labios, la besó y consiguió estremecerla.

—Me siento halagado, Georgie. Y adoro que me encuentres tan fascinante. Sin embargo, no podría aburrirme de ti ni en cien vidas —dijo él.

Georgie intentó apartar la mano y él se lo impidió y las mantuvo unidas encima de la mesa. Aquel gesto bastó para destrozar la estrategia de Georgie. Si se querían tanto, si eran tan cariñosos entre sí, no había obstáculo alguno que no pudieran superar. Y Didi los miró como si todo aquello le pareciera enormemente romántico.

—Todo lo contrario —continuó Pierre—. Eres tan imprevisible, tan espontánea e impulsiva... ¡Cuántas veces me habrás sorprendido en Londres, apareciendo de repente en cualquier lugar y dispuesta a hacer cualquier cosa! No, no podría aburrirme nunca de ti.

Pierre le acarició el dorso de la mano.

—Los opuestos se atraen —declaró Didi.

—Espero que no insinúes que yo soy la parte aburrida de esta relación —bromeó Pierre—. Porque si es así, estarías en minoría... esta fresca que tengo al lado cree que soy apasionante.

Aquello fue demasiado para Georgie. Ahora se atrevía a llamarla fresca. La tenía acorralada y se estaba aprovechando de la situación.

—Es una pena que tengas que volver tan pronto a Londres —se lamentó Didi.

—Sí, es una pena —comentó Georgie—, pero tiene un trabajo que hacer. Es perfectamente comprensible. Aunque antes no entendía que dedicaras tanto tiempo a tu profesión, ahora te respeto por eso, Pierre. Sabes mantener un compromiso.

—Me alegra oírlo, Georgie. ¿Pero sabes una cosa? He llamado a mi oficina y les he dicho que me tomo una semana de vacaciones. Creo que el aire del campo me sienta bien. Además, ¿sabes cuánto tiempo ha pasado desde la última vez que estuve de vacaciones? Creo que me lo merezco. Sobre todo, cuando la vida me ofrece una tentación tan irresistible como tú.

Georgie lo miró, horrorizada y boquiabierta.

—¡Pero no puedes quedarte! Es decir... ¿no me dijiste que tenías una cosa muy importante que hacer? Ya sabes, reuniones, conferencias, abogados...

—No recuerdo qué era. Sé un poco más específica.

—Bueno, yo tampoco me acuerdo con exactitud, pero mencionaste algo que tenías que hacer el lunes sin falta —mintió.

—Ah, bueno, he cambiado de planes.

—¡Qué magnífica noticia, Pierre! —exclamó Didi, encantada.

—No olvides que voy a estar muy ocupada —se apresuró a decir Georgie—. Es una tontería que te tomes vacaciones si voy a estar todo el día en el trabajo.

—Yo también pienso trabajar. He traído el portátil... y me gustaría arreglar un par de cosas de la casa.

—¿Un par de cosas?

—Sí, hay una gotera en el cuarto de baño de invitados y varias grietas en una pared.

—No me digas que también eres un manitas...

—No lo era, pero he decidido serlo —comentó, sonriendo—. Cariño mío...

—Mejor tarde que nunca —intervino Didi—. El trabajo manual puede ser muy satisfactorio, y no negaré que me encantará tener un hombre en casa. Ha pasado tanto tiempo...

Georgie deseó poder ser tan magnánima como Didi, pero estaba al borde de un ataque de nervios. Pierre la había dejado sin salida.

—Además, podríamos vernos por las noches... —continuó Didi—. O mejor, podríais veros vosotros. Yo tengo bastante con mis lecturas. ¿Te he comentado que he vuelto a mi club de libros, Georgie?

—¿Y cuánto tiempo piensas quedarte, Pierre? —preguntó Georgie sin hacer caso a Didi.

—No lo sé —respondió, arqueando una ceja—. Pero es posible que me hayas contagiado tu espontaneidad...

Georgie se sentía tan derrotada que ni siquiera

pudo disfrutar de la comida, aunque estaba exquisita. Estaba deseando que la velada terminara. Y no porque quisiera volver a casa, aunque quería volver, sino para averiguar qué diablos se traía Pierre entre manos.

Pero no tuvo ocasión de hablar mucho con él. Cuando terminaron de cenar, Pierre decidió dejarla a ella en su casa y sólo pudieron cruzar unas palabras mientras la acompañaba a la puerta.

—Pareces a punto de estallar.

—¡Porque lo estoy!

—No deberías. Es malo para la tensión.

Pierre no le dio ocasión de responder. Se inclinó sobre ella y la besó. Y justo entonces, Georgie recordó por qué necesitaba alejarse de él tan desesperadamente: porque su contacto, sus caricias, su calor, la volvían loca. No había nada que pudiera hacer para defenderse de aquello. Ningún muro que pudiera elevar. Ninguna estrategia a seguir.

Las cosas se habían complicado demasiado. Pierre se iba a quedar una semana entera en Devon y no tenía la menor idea de cómo lo podría soportar. Podía encontrar excusas para no verlo uno o dos días, pero no más, porque Didi se daría cuenta de que pasaba algo extraño.

En cuanto entró en la casa, se puso el pijama con intención de meterse en la cama. Unos minutos después, cuando ya estaba leyendo un libro, o más bien intentándolo, llamaron cinco veces al timbre de la puerta.

Supo inmediatamente que sería él y también supo que no tenía ganas de hablar. Así que apagó la luz de la mesita de noche, se tapó la cabeza con el almohadón y sonrió al imaginar a Pierre en el exterior de la casa, muerto de frío.

No oyó ni los pasos silenciosos de su supuesto amante ni el sonido de las puertas que se abrían. Cuando notó que alguien encendía la lámpara del techo, ya era demasiado tarde.

—Hola. He llamado al timbre, pero no me contestabas.

—¿Cómo has entrado en mi casa?

—Con la llave. Didi tenía una copia.

—¿Y se la has pedido? —preguntó, irritada.

—Sí, eso es lo que he hecho.

Pierre se asomó al cuarto de baño, que estaba bastante desordenado. Notó que Georgie había dejado el vestido encima de una silla y vio ropa desperdigada por todas partes, como si hubiera dudado mucho antes de elegir la indumentaria adecuada para la velada en el restaurante. El aire olía a sándalo. Obviamente había encendido una vela antes de acostarse.

—Didi se sorprendió al saber que no tenía llave de tu casa, pero le dije que siempre vienes a verme a Londres y que no había estado nunca aquí —comentó—. Te has pasado toda la noche fulminándome con la mirada. ¿Se puede saber por qué?

Ella se cruzó de brazos y se sentó en la cama.

—Éste no es ni el momento ni el lugar para...

—Claro que lo es. Y aclarado ese punto, ¿me vas a decir qué es lo que pasa?

Pierre caminó hacia la ventana, apartó el montón de ropa de una silla y se sentó, estirando las piernas.

Dudaba que Georgie fuera consciente del aspecto feroz que tenía con el pelo revuelto y la mirada llena de odio. Y también dudaba que fuera consciente del modo furtivo en que aquellos mismos ojos lo buscaban, fascinantes y sensuales y culpables a la vez. La había descubierto varias veces y sabía que lo miraba cuando creía que él no estaba mirando. Era un juego encantador y muy sexy.

Por otra parte, no se sentía con fuerzas de resistirse a la llamada de la naturaleza. No esperaba sentirse atraído por ella; pero ya que se sentía atraído, prefería dejarse llevar. Era una complicación intensamente placentera.

—Si no quieres hablar en la cama, podemos bajar al salón.

—No es necesario. Diré lo que tengo que decir y luego te marcharás. ¿De acuerdo?

—De acuerdo.

—¿A qué has estado jugando esta noche?

Pierre frunció el ceño y cruzó las piernas. El simple hecho de mirarla bastaba para excitarlo. Era increíble. Tuvo que levantarse y caminar un poco para controlarse y para no mirarle el escote, que ella le ofrecía, tal vez de forma inconsciente, al estar inclinada hacia delante.

—Explícate.

—¡No te hagas el tonto! ¡Sabes exactamente de lo que hablo! Te di una ocasión perfecta para poner fin a esta relación.

—Ah, sí, ahora me acuerdo.

Pierre se detuvo al pie de la cama, con su impresionante metro ochenta y pico de altura.

–Se suponía que yo tenía que ser un individuo obsesionado con el trabajo –continuó–. Una especie de idiota incapaz de vivir sin... ¿cómo dijiste? Sí, incapaz de vivir sin la acción y los retos de la ciudad. El típico aburrido que no sería capaz de mantener una relación ni en cien años.

–Yo no dije que fueras aburrido –se defendió.

–Es verdad. También dijiste que soy ambicioso, apasionante y experto. Tan ambicioso, apasionante y experto que no podría pasar ni unos cuantos días en el campo.

–Bueno, no pretendía insultarte. ¿Es que no te diste cuenta de lo que estaba haciendo?

–¿Qué estabas haciendo?

–¡Sembrar la semilla de nuestra futura separación! Tu vida en Londres, la mía en Devon... qué mejor forma de ir acostumbrando a Didi a una ruptura provocada por nuestras más que evidentes diferencias.

Pierre asintió con expresión pensativa y se sentó en el borde de la cama.

Georgie lo miró con inquietud.

–Entonces, ¿estás de acuerdo? ¿Lo ves? Mi plan es lógico, ¿no te parece? ¡Hasta podrías marcharte de aquí!

–¿Adónde?

–¡A China! Tiene una economía muy floreciente, según tengo entendido, llena de oportunidades para los negocios. Podrías marcharte a China y dedicarte a... qué se yo... ganar dinero...

–¿Y por cuánto tiempo? –preguntó, interesado.

–No sé. Unos meses, un año... o mejor, dos años.

Ninguna relación puede sobrevivir a una separación tan larga. Por supuesto, yo me deprimiría mucho. Pero al cabo de un tiempo me recuperaría y...

—Sí, claro. Sería una decepción para ti y te sentirías herida, pero no demasiado. Yo podría volver cada seis meses y nos evitaríamos como si tuviéramos la peste. Un plan brillante, Georgie.

—¡Sí!

—Pero China no me interesa.

—Bueno, pues márchate a otro sitio.

—No me gusta la idea de marcharme. Y he sido sincero al decir que he cambiado de opinión sobre el campo. Es más, tengo intención de venir más a menudo. Aunque ahora que lo pienso...

Georgina tragó saliva.

—¿Qué?

—Quizás fuera mejor que contemplemos el problema desde otro punto de vista. Estamos aquí, fingiendo que somos amantes, y en realidad no hay necesidad alguna de fingir. No te voy a mentir: te deseo. Y sé que es un sentimiento mutuo.

Georgie abrió la boca para negarlo, pero no pudo.

Pierre se encogió de hombros y la miró con sus intensos ojos azules.

—Entonces, ¿por qué resistirse? No hace falta que salgas corriendo cada vez que me acerco a ti. Quiero tocarte y tú quieres que te toque.

Él había percibido su debilidad y se estaba preparando para saltar a matar. Era una especie de depredador. Los dos se deseaban y no había nada más que decir. Lo mejor que podían hacer era rendirse a sus instintos.

Georgie se estremeció.

–Es una oferta muy tentadora, Pierre, pero debo rechazarla.

–¿Por qué? –preguntó, perplejo.

–Ya lo hemos discutido.

–Sí, pero antes de que nos sintiéramos atraídos el uno por el otro.

–Eso carece de importancia, Pierre. Tú tienes tu sentido de la moral y tu forma de vivir, y yo tengo los míos –afirmó.

–¡Por todos los diablos! ¡No estoy diciendo que quememos una escuela, Georgie! ¡Sólo digo que nos divirtamos!

–Olvidas lo que estamos haciendo. Esto es una farsa, y yo no soy un objeto que puedas usar a tu antojo. ¿Qué ocurre? ¿Ahora que ya no tienes novia has decidido aprovechar tu estancia en Devon para ampliar horizontes?

–No recuerdo que esta mañana te resistieras. Si Didi no hubiera entrado en la habitación, es muy posible que esta conversación habría sido completamente innecesaria. Habríamos hecho el amor –dijo.

–No sé lo que habría pasado.

–Te toqué y ardiste de los pies a la cabeza. Eso es lo que pasó, y se llama divertirse. En cambio, pasarte la vida sin hacer nada, esperando al hombre perfecto, se llama perder el tiempo miserablemente.

A Pierre le pareció increíble que Georgie pudiera mentirse a sí misma de tal modo. Lo sucedido no ofrecía duda alguna.

–Ya, pero resulta que tengo mi propia forma de

hacer las cosas –se defendió ella–. Y no estoy esperando al hombre perfecto, sino simplemente a alguien de quien me enamore. Eres un cínico, Pierre.

–Y tú, querida mía, eres una hipócrita –dijo él, mientras caminaba hacia la puerta–. Tienes razón en una cosa: en que la elección es tuya. Pero cuando un día te descubras sola y perfectamente célibe en tu cama, te darás cuenta de que tu estricto sentido de la moralidad es una compañía muy poco agradable.

Pierre se marchó entonces. Sólo había permanecido diez minutos en el dormitorio. Y ella no pudo hacer otra cosa que odiarlo e intentar convencerse de que era un hombre arrogante, egoísta y perfectamente despreciable.

Capítulo 7

GEORGIE todavía albergaba la esperanza de que Pierre le hiciera el favor de encontrar una excusa para marcharse antes de lo planeado, y tuvo que echar mano de toda su naturaleza solidaria para recordar que Didi era más feliz que nunca en compañía de su hijo, por mucho que a ella le disgustara.

Pero el lunes tenía trabajo y hasta la propia Didi sabía que no había posibilidad alguna de que fuera a ver a Pierre. Sabía que su empleo en el colegio significaba mucho para ella. No se trataba únicamente del dinero, de pagar facturas y tener un techo bajo el que cobijarse, sino también de que disfrutaba con los niños; más que alumnos suyos, los consideraba sus pupilos. Dedicaba mucho esfuerzo a preparar las lecciones, para que fueran divertidas, diferentes, y aceptaba compromisos que la mayoría de los maestros rechazaban. Como organizar los actos de Navidad.

Aquel día se sintió especialmente agradecida por ello. De hecho, llegó al colegio antes que nadie y estuvo a punto de adelantarse al propio Jim, el guardia nocturno, que se marchaba a primera hora de la mañana. Y no tuvo nada de particular, porque no había pegado ojo en toda la noche.

Aunque había rechazado la oferta de Pierre, no podía dejar de pensar en ello. Una y otra vez intentaba convencerse de haber tomado la decisión correcta, y una y otra vez volvía al mar de dudas y sobre todo a unos sentimientos que no podía negar. A las seis de la mañana estaba agotada. No había hecho otra cosa que imaginar escenas donde ella aparecía como una mujer cargada de razón y de moralidad, y él, que estaba equivocado, admitía su error y le mostraba su admiración por ser capaz de aferrarse a sus creencias.

Pero cuando pensaba en el contacto de sus manos y en el sonido de su voz, su cabeza se llenaba de imágenes muy diferentes. Y como no podía hacer nada para evitarlo, terminó por pensar en los dieciocho niños pequeños que le esperaban en clase. Dieciocho niños que estarían especialmente revoltosos por la cercanía de las vacaciones de Navidad.

Decidió que cuando pasara por casa de Didi después de trabajar, sería capaz de mirar a Pierre a los ojos y sentirse segura con la decisión que había tomado y con su concepto de la moralidad.

Pero aquello le recordó otra cosa: las palabras que Pierre le había dedicado en el pasado. Su acusación de que era una mujer mandona y con la fea costumbre de juzgar a los demás.

Aquella noche, cuando se estaba vistiendo para salir, todavía estaba pensando en lo mismo. Sabía que Didi iba a preparar la cena, pero no quiso vestirse de forma especial porque no quería que Pierre pensara que lo había hecho por él.

Se hizo dos coletas y se puso una de las faldas de

flores, botas sin tacón y varias capas más de ropa, que empezaban por dos jerséis y terminaban en un poncho muy cálido pero desde luego nada elegante.

En verano habría ido en bicicleta. Ahora, en cambio, hacía tanto frío que no tenía más remedio que ir en coche. Pero intentó no pensar en Pierre durante el trayecto y se concentró en Papá Noel y en la función de la escuela.

Didi estaba esperándola cuando llegó. Y parecía bastante ansiosa.

—¿Dónde te habías metido, querida? —preguntó—. ¡Estábamos tan preocupados.... ! Te hemos llamado por teléfono y no has contestado. Pierre estaba a punto de salir a buscarte.

—Lo siento, Didi. Ya sabes que las Navidades son muy complicadas y he estado trabajando hasta tarde... ¡Pero qué guapa estás! ¡No me digas que te han regalado otro jersey!

—Uno no, varios. Pierre está en la cocina... esta noche será una cena informal. Sólo un guisado.

Georgie se quitó el poncho y uno de los jerséis.

—Entonces me he vestido para la ocasión —bromeó.

Pero el humor de Georgie no duró nada. Sus pechos estaban tensos, expectantes, y lo mismo sucedía con el resto de su cuerpo.

Cuando entró en la cocina, vio que habían preparado la mesa para tres y se sintió culpable por llegar tan tarde. Teóricamente tendría que haber llegado una hora antes.

—Huele muy bien...

Pierre se giró hacia Georgie y ella no pudo hacer otra cosa que sonreír.

–¡Llevas delantal! Oh, Dios mío, cuánto siento no haberme traído la cámara... ¡No me digas que has cocinado tú!

Le pareció tan gracioso que tuvo que hacer esfuerzos para no reír.

–Bueno, tampoco es tan extraño...

Pierre la miró y la encontró más encantadora que nunca. Con aquellas coletas y la cara ruborizada por el frío del exterior, estaba perversamente sexy.

–¿En ti?

–Bueno, vale, es cierto que no suelo cocinar. Pero cualquiera puede interpretar un libro de cocina –explicó.

Didi entró y le sirvió una copa de vino a Georgie.

–¿Y has leído muchos libros de cocina?

–No. Es la primera vez.

–¡Seguro que ni siquiera tienes recetas en casa!

–Eso es cierto –dijo Didi–. Y es una buena idea como regalo de Navidad.

–Bueno... hemos decidido que no nos vamos a dar regalos de Navidad –dijo Pierre.

–Qué idea más absurda... ¿por qué? –preguntó su madre.

–Porque... porque... porque pensamos que preferimos donar el dinero a un refugio para indigentes –intervino Georgie–. Hay mucha gente que no puede disfrutar de las Navidades, y nos parece una oportunidad perfecta de comprometernos con ellos.

–Es un sentimiento muy noble, querida, pero Pierre ya hace bastante por los demás –declaró Didi.

–¿En serio? –preguntó Georgie.

–Sí, yo tampoco lo sabía, pero lo he descubierto

esta misma tarde. Cuéntale, Pierre... Entramos en la sede de la ONG para comprar tarjetas de Navidad y una de las mujeres reconoció a mi hijo. No puedo creer que no hubiera dicho nada.

Georgie estaba más que sorprendida. Le parecía tan increíble que casi se quedó sin habla.

–Bueno, habrá sido por su modestia natural –ironizó–. Nunca me habías dicho que...

–Sí, admito que es sorprendente –dijo él–. Pero no soy el canalla que habías imaginado.

–Pierre tiene un fondo en su empresa para regenerar zonas urbanas y ayudar a los adolescentes con problemas. Hasta el diseño de las tarjetas de Navidad es cosa suya... la mujer de la ONG tenía varios paquetes. Se los había traído para venderlos, aprovechando que va a pasar las Navidades en Devon, con su hija.

Georgina no supo qué decir, así que no dijo nada.

La cena resultó tan apetitosa como su aroma. Pero Pierre no intentó acercarse a ella en ningún momento. Ya no se movía para rozarle un brazo ni la observaba con aquellos ojos tan azules que parecían devorarla. Tal vez había captado el mensaje y había renunciado a seducirla.

Didi no se dio cuenta porque, curiosamente, su hijo estuvo más encantador que nunca. Pero Georgie lo notó. No era algo que pudiera pasar por alto.

Las dos mujeres dedicaron tantos cumplidos a su comida, que él dijo:

–Puede que empiece a cocinar más a menudo.

–Cambiarás de opinión cuando vuelvas a tu hábitat natural –intervino Georgie.

–Sí, es posible que sí. Un tigre nunca cambia de rayas, ¿verdad, Georgina? A los seres humanos nos gusta pensar que somos libres y que podemos hacer cualquier cosa, pero en realidad somos esclavos de nuestras creencias y de nuestras costumbres.

–Vaya, es un pensamiento muy profundo, Pierre –declaró Didi, divertida.

Georgie se ruborizó y apartó la mirada. Sabía que con el comentario sobre las creencias, Pierre se refería a ella.

–Sí, es verdad –dijo–. Seguro que no crees que te pondrás a cocinar cuando vuelvas a Londres. Ni siquiera tendrías tiempo.

–Bueno, eso depende de si cocino para mí o para alguien más...

Didi los interrumpió en ese momento.

–Antes has dicho que tenías mucho trabajo, Georgie.

–¿He dicho eso?

–Sí, por lo de las Navidades. ¿Por eso has llegado tarde?

–Sí, sí, ya sabes cómo es. El trabajo se acumula y siempre es un lío. Además, las cosas de las Navidades se guardan en cualquier sitio y suelen estar inutilizables o carcomidas por las polillas.

–¿De qué estás hablando? –preguntó Pierre.

–De nada interesante. Seguro que te aburriría.

–Ah, claro, había olvidado que un tipo de ciudad no puede disfrutar de las cosas del campo... pero quién sabe, tal vez te equivoques.

–¿Qué quieres decir, hijo? –preguntó Didi.

–Sólo que Georgie cree que no soy capaz de

adaptarme. Pero sé que ella no habla por experiencia.

—¿Cómo? —preguntó Georgie con inseguridad.

—No sabes si yo podría acostumbrarme a vivir en el campo, del mismo modo en que no sabes si tú podrías vivir en la ciudad. De hecho, yo estoy más cualificado que tú para hablar de esas cuestiones porque tengo experiencia en los dos ámbitos. En cambio, tú...

—Eso es una tontería —se defendió.

—No, no, creo que Pierre tiene razón —intervino Didi—. Nunca le has dado una oportunidad a la ciudad, ¿verdad, Georgie? Creciste aquí, y aunque fuiste a la universidad, era una universidad de la provincia.

—Me gusta vivir en el campo, eso es todo. A algunas personas nos encanta.

—Pero deberías probar otras cosas —insistió Didi—. Las tiendas, los restaurantes, los cines... es una vida llena de diversiones...

Georgie miró a Pierre con cara de pocos amigos. Había conseguido que hasta su madre se le pusiera en contra. Y tuvo que hacer un esfuerzo para controlar su enfado.

—Puede que tengas razón. Pero ya que estamos hablando de experiencias alternativas, se me ocurre una que quizás te interese, Pierre.

—¿Sí?

—Sí.

—¿De qué se trata?

—De Papá Noel.

—¿De Papá Noel? —preguntó, escamado.

—Hace un rato decía que las Navidades son una época difícil en el colegio. Sobre todo este año, porque el señor Blackman, el hombre que siempre se disfraza de Papá Noel, está en el hospital. Resbaló en el hielo y se ha roto una pierna.

—Oh, no, nada de eso... —dijo Pierre, imaginando lo que se le venía encima.

—Siempre te han gustado los retos, Pierre, y esto es algo muy fácil. Sólo un par de horas de trabajo. Seguro que lo harías bien.

—No te puedo imaginar disfrazado de Papá Noel —dijo Didi—. Tu padre solía disfrazarse hasta que cumpliste los siete años... entonces dejaste de creer en esas cosas. ¡Pero antes te encantaba!

—No me acuerdo de eso —confesó Pierre, momentáneamente distraído—. Pero volviendo a la conversación, no creo que...

—Vamos, Pierre, nos vendría bien un poco de ayuda.

—¿Y qué pasa con los padres? Seguro que hay uno o dos que estarían encantados de hacer el papel. Y seguro que lo harían mejor que yo.

—No, no se me ocurre nadie.

Obviamente, Georgie mintió. Se le ocurrían varias docenas de candidatos posibles.

—No tengo el tamaño adecuado, y no puedo engordar tanto en tan poco tiempo.

—¡Ah, no te preocupes por eso! ¡Te sorprendía lo que se puede conseguir con unos cuantos cojines! Uno por aquí, otro por allá...

—Bueno, os dejaré a solas para que habléis del asunto —intervino Didi con un bostezo—. Me voy a la cama a ver la televisión. Dentro de media hora ponen una serie que me gusta mucho... Pero creo que deberías aceptar la propuesta de Georgie, Pierre. Piensa en lo felices que harás a esos niños.

Cuando Didi se marchó, Pierre dijo:

—Agradéceselo a mi madre.

—¿Entonces aceptas?

—A regañadientes.

—Sólo tendrás que cantar unos cuantos villancicos en el colegio y repartir los regalos. Poca cosa.

—¿Y qué harás por mí, a cambio?

Georgie lo miró con incomprensión.

—¿A qué te refieres?

—Tendrás que probar la vida urbana. Hasta Didi está de acuerdo conmigo. Pero descuida, no empezaremos por Londres. Tal vez sería demasiado para empezar.

—Eso no es posible. Tengo un trabajo que no puedo dejar así como así. Aunque para tu información, vivir en Londres no me costaría nada.

—Ya.

Georgie se levantó de repente.

—Tengo que marcharme, Pierre.

Ella caminó hasta el vestíbulo y se puso el jersey que se había quitado y el poncho. A Pierre nunca le había gustado su forma de vestir. Era demasiado pobre, sin estilo. Pero aquel día le pareció increíblemente femenina.

—Te llevaré a casa —dijo él.

—No es necesario —protestó ella—. Además, he venido en coche y soy perfectamente capaz de llegar sola.

Pierre se encogió de hombros.

–Como quieras. Mañana me voy a Londres, pero volveré pasado, a media mañana. ¿A qué hora quieres que pase por el colegio?

–Cuando prefieras. El saco con los regalos ya está en el almacén, y en cuanto al traje, lo llevaré yo misma.

Antes de marcharse, Georgie se giró hacia él y añadió:

–Lo que ha dicho Didi sobre tu faceta solidaria me ha impresionado mucho. No sabía nada. Y es brillante... maravilloso.

–Nunca juzgues un libro por las tapas –le recomendó–. Pero está bien, nos veremos pasado mañana.

Él le abrió la puerta y Georgie salió a la fría noche. No estaba completamente segura de que Pierre tuviera intención de volver a Devon. Era capaz de volver por su madre, pero también cabía la posibilidad de que la llamara para decirle que fuera a verlo a Londres. En tal caso, ella podría quedarse allí, a salvo, y concentrarse en su trabajo y en el tonto encargo del traje de Papá Noel.

Pero no tardó mucho en salir de su error. Didi la llamó por teléfono para informarle de que Pierre volvería a Devon según lo planeado y que debía ponerse su mejor vestido porque pensaba llevarla a cenar después de la función en el colegio.

–No te preocupes, cariño, esta vez te vas a librar de tenerme como carabina...

Georgie tuvo miedo de que Pierre presionara a Didi y la convenciera para que ella los acompañara, así que se prestó a pasar por su casa y llevarle algo de comer; era una forma como otra cualquiera de poder contraatacar si surgía la necesidad. Pero Didi se negó. Por lo visto, había quedado con unos amigos en el pueblo. Iba a jugar al bridge y luego a tomar el té.

Al día siguiente, cuando llegó la hora de la función, Georgie ya estaba al borde de una crisis de histeria; y la excitación de los niños no la ayudaba demasiado. Cuando se asomó al patio de butacas desde el escenario, vio que los padres se estaban acomodando. La obra empezaba en media hora, y después, Papá Noel se encargaría de lo demás. Pero todavía no había llegado.

Sin embargo, la representación de los niños resultó todo un éxito y ella se tranquilizó. Cuando los padres salieron, un par de profesores los acompañaron a la salida. Y allí mismo estaba Pierre, vestido de Papá Noel y haciendo su papel a la perfección.

Georgie se acercó a él.

—¿Cuándo has llegado?

—Hace un rato, a tiempo de oír el último villancico de la función.

—La obra ha salido muy bien, ¿verdad?

—Sí, pero esto del disfraz es ridículo —protestó.

—Lo sé, pero te agradezco que me hayas hecho el favor, Pierre.

—Seguro que te lo estás pasando muy bien a mi costa.

—Bueno, no es para tanto. Todo el mundo hace el ridículo alguna vez en su vida —se burló—. ¿O es que tú nunca has hecho algo ridículo?

–Por supuesto que sí. Se me ocurre al menos una cosa.

Georgie lo llevó un momento a la sala de los profesores para arreglarle un poco el traje y la barba. Después, caminaron hasta el vestíbulo del colegio, que ya estaba lleno de niños en fila. Ella se adelantó y anunció que Papá Noel estaba a punto de entrar y que debían guardar unos segundos de silencio.

Pierre resultó ser el mejor Papá Noel de la historia de la escuela. El señor Blackman lo hacía bien, pero se atenía a la tradición y llamaba a los niños uno a uno para darles los regalos. Él, en cambio, les pidió que se sentaran a su alrededor. Y era un hombre tan magnético e imponente, que los niños no sólo obedecieron sino que además se portaron perfectamente bien. Luego, hizo unas cuantas bromas, les habló sobre el sentido de la Navidad y los pequeños rompieron a aplaudir.

Cuando terminó el acto y salieron del colegio, Pierre se vio rodeado de profesores. O más exactamente, de profesoras. Él se quitó la barba y el traje y todas pudieron ver que debajo llevaba unos vaqueros y una camiseta blanca. Estaba maravillosamente sexy.

Hasta la señora Evans, que tenía sesenta y tantos años y era abuela, se dedicó a coquetear con él.

Georgie estaba tan disgustada que dijo:

–Me voy a casa. Janice, ¿podrías hacer el favor de cerrar por mí?

Nadie le hizo el menor caso. Era como si se hubiera vuelto invisible. Y por si fuera poco, estaba condenada a cenar con un hombre que ya no quería saber nada de ella y que seguramente se dedicaría a bostezar hasta que terminara la velada.

Pierre pasaría a recogerla a las siete. Lo supo porque llamó a Didi y se lo dijo, pero ya eran las seis para entonces y todavía no había vuelto a casa. Georgie sintió un ataque de celos, pensando que seguiría con sus compañeras de trabajo. Estaba tan enfadada que le costó seguir la conversación de su amiga.

—Vais a ir a un restaurante nuevo, pero solos, sin mí... Al parecer está muy de moda —le informó.

—Oh, vaya, me temo que mi ropa no estará a la altura...

—No seas tonta —dijo Didi, horrorizada—. Tú estás preciosa te pongas lo que te pongas.

—Gracias, Didi, sé que sólo quieres tranquilizarme. ¿Pero dónde se habrá metido Pierre? Ya son las seis y...

—No te preocupes, volverá a tiempo. Se estará tomando una cerveza por ahí... ya sabes cómo son los hombres. Mi querido Charlie, como bien sabes, solía decir que los viernes eran sagrados para él. Necesitaba una inyección de diversión masculina.

Georgie pensó que las diversiones de Pierre tenían más que ver con las faldas y con la cerveza, y nuevamente sintió un ataque de celos. Pero a pesar de eso, cuando empezó a vestirse y eligió lo más sugerente que tenía en el armario, intentó convencerse de que lo hacía por ella misma y no por él. Se puso una minifalda blanca y negra que tenía desde la época de la universidad, un top negro con un escote generoso y unas botas altas del mismo color.

Luego, dedicó media hora a cepillarse el cabello

hasta que quedó perfecto. Esta vez no se lo recogió: se lo dejó suelto. Y cuando se miró al espejo, pensó que estaba más guapa que nunca.

El timbre de la puerta sonó a las siete en punto de la tarde.

Cuando abrió, se quedó helada. Pierre llevaba la corbata suelta, el abrigo en un brazo y un aspecto en general desaliñado.

—Recogeré mi abrigo —dijo ella.

Él se apoyó en el marco y la miró. Al salir del colegio, había ido a un bar con intención de tomarse una cerveza para tranquilizarse un poco. Pero no había servido de nada. Se sentía irritado, atrapado, confuso. Ni siquiera había podido pensar en el trabajo. Y a decir verdad, tampoco recordaba en qué había pensado.

Sólo sabía que tenía que recobrar el control de su existencia.

Capítulo 8

PIERRE no hizo el menor comentario sobre su aspecto. Tenía una actitud distante y sombría, que ella atribuyó equivocadamente a que estaba molesto por haber tenido que marcharse del colegio y dejar a sus admiradoras.

Como el silencio se volvió demasiado tenso en el interior del Bentley, Georgie decidió romperlo.

—Gracias por lo que has hecho esta tarde.

—Ya te dije que lo haría. ¿Pensabas que rompería mi palabra?

—No, por supuesto que no. Y has resultado un gran Papá Noel... muy convincente desde todos los puntos de vista. A los niños les ha encantado. Lo de pedirles que se sentaran a tu alrededor fue una idea magnífica.

—Me alegro.

—Didi me dijo que vamos a ese restaurante nuevo...

—Sí.

—Menos mal, porque me he vestido para la ocasión y podría quedar fuera de lugar si vamos a otro sitio.

Pierre la miró un instante. Estaba preciosa, pero no se lo dijo.

–No te preocupes.

–Siento que estés obligado a venir a cenar conmigo –se disculpó ella–. Podrías haber dado una excusa a Didi. A mí no me habría importado.

–Sí, supongo que sí, pero mi madre se habría deprimido. Y que a ti te importe o no, es del todo irrelevante.

–En tal caso, lo mínimo que podrías hacer es ser educado.

–¿Es que no lo estoy siendo?

Pierre aparcó el vehículo delante del restaurante. Pero antes de salir, se giró hacia ella, pasó un brazo por encima del asiento y la miró con tal intensidad que ella estuvo a punto de retroceder y apretarse contra la portezuela.

–Me parece que estás enfadada porque no he dicho nada de tu aspecto. Ya imagino que no te has vestido así por mí, pero te gustaría escuchar que eres la quintaesencia de la belleza –espetó.

Georgie se ruborizó.

–No me importa lo que pienses de mí –declaró ella.

Él salió del coche y le abrió la portezuela. Después, caminaron hacia el restaurante, preguntaron por su mesa y se sentaron.

–Tal vez deberíamos intentarlo de nuevo –dijo Pierre–. Estamos aquí y supongo que deberíamos comportarnos como adultos e intentar disfrutar de la velada.

Georgie lo miró con desconfianza.

–Eres tú quien parece con ganas de pelea.

–Sí, puede que tengas razón. Debo admitir que

me he obsesionado contigo –le confesó–. No puedo dejar de pensar en ti... de hecho, ayer ni siquiera pude concentrarme en el trabajo. Estaba en una reunión y no dejaba de mirar hacia la ventana. Eso no es nada bueno para los negocios.

El camarero apareció en ese momento y él pidió una botella de vino blanco.

–No te creo.

–¿Por qué iba a mentir? Me obsesionas. Lo digo completamente en serio. Hasta puedo sentir tu aroma cuando no estás conmigo.

Georgie se sintió repentinamente expuesta.

–No digas tonterías...

–Y por cierto, claro que me he fijado en ti esta noche.

–¿En serio? –preguntó, nerviosa.

–Por supuesto. Seguro que es la única minifalda que tienes.

–Sí, es verdad.

–No me extraña en absoluto. Debes de ser la única mujer de tu edad que no tiene un armario lleno de minifaldas. Pero no importa... a ti te queda bien cualquier cosa. ¿Cómo has conseguido que el pelo te quede tan liso?

–Me lo he estado cepillando un buen rato y me lo he alisado con las pinzas.

–Me gusta más cuando lo llevas rizado. Te queda mucho mejor. Pero dejemos este tema... supongo que no quieres saber lo que pienso de ti. No hay nada más absurdo que insistir con un juego cuando uno de los jugadores se ha retirado.

Georgie abrió la boca para decir algo, pero él se

le adelantó, cambió de conversación y se puso a hablar de cosas intranscendentes como su viaje desde Londres.

A pesar de todo lo que ella había dicho, a pesar de que Pierre se estaba comportando como ella quería y mantenía las distancias, Georgie no estaba nada contenta. Quería saber lo que sentía. Quería que la volviera a mirar con deseo. Y estaba tan confusa con la situación que no se dio cuenta de que él pidió una segunda botella de vino. Ya se habían bebido la primera.

—No deberías beber tanto. Tienes que conducir...

—¿Yo? Si apenas he probado mi copa... Pero háblame de tus compañeras de trabajo. Parecen personas encantadoras.

Georgie empezaba a sentirse más desinhibida de la cuenta por el consumo excesivo de alcohol. Y su respuesta fue claramente sarcástica.

—Oh, sí, son encantadoras. Sobre todo Claudette, Janice y Liz.

—¿Por qué tengo la sensación de que no estás siendo totalmente sincera conmigo? ¿Hay algún problema que desconozco? Sé que trabajar con pocas personas y en sitios tan pequeños puede ser difícil... especialmente cuando en su mayoría son mujeres de la misma edad.

—¿De qué diablos estás hablando, Pierre?

—De tu colegio. Por tu comentario, es evidente que no eres muy feliz en él.

—Claro que lo soy.

—Entonces, ¿a qué ha venido ese comentario sobre tus compañeras?

Pierre lo pensó un momento, sonrió y añadió:

—Ah, claro...

—¿Claro, qué?

—No estés celosa.

—¿Celosa? ¿Yo?

—Sí, tú. Pero bueno, ¿qué quieres cenar?

Georgie ni siquiera se había dado cuenta de que una de las camareras acababa de acercarse para tomarles nota. Miró rápidamente el menú, nerviosa, y pidió lo primero que se le ocurrió, la especialidad de la casa.

—Buena elección —dijo él, cerrando el menú—. El buey de mar lo preparan muy bien.

Pierre le sirvió otra copa de vino y siguió hablando. Georgie ni siquiera se dio cuenta de lo que había pedido.

—¿Dónde estábamos? Ah, sí, en los celos que sientes por tus compañeras. Pero es absurdo. Me he limitado a charlar un rato con ellas, aunque...

—¿Aunque? —espetó.

—Estás haciendo mohines.

—Yo no hago mohines —declaró con agresividad—. Pero he bebido demasiado. Necesito comer algo.

—Has debido pedir algo más que una ensalada de salmón y buey de mar. Te vas a quedar con hambre.

Pierre hizo un gesto a la camarera y le pidió que llevara pan. Ella empezó a devorarlo para calmar sus nervios.

—Me estabas hablando de mis compañeras. Pero no, no digas nada... ya imagino lo que ha pasado. Eso es típico de ti. Intentas seducirme y acto seguido corres tras las faldas de Janice.

—¿Janice?

–Sí, la de cabello castaño, grandes ojos azules y un escote impresionante a pesar de que estamos en pleno invierno. Seguro que se ha puesto a ronronear...

–Bueno, yo prefiero a las de ojos verdes.

Georgie se dio cuenta de lo que estaba haciendo y se sintió terriblemente avergonzada. Intentó concentrarse en la comida y darle conversación, pero ni pudo hacer lo primero ni realmente lo segundo. Su nerviosismo se lo impedía.

Tuvo la impresión de que Pierre la miraba con intensidad, de un modo seductor, pero pensó que se lo estaba imaginando y que el vino se le habría subido a la cabeza. Sin embargo, cuando se inclinó sobre ella para ayudarla con el buey de mar, la rozó y ya no tuvo ningún tipo de dudas.

–Me siento un poco mareada...

Ella cerró los ojos un momento.

–Describe la sensación.

–Mareada, ya sabes. Si me levantara, creo que no sería capaz de sostenerme.

Georgie intentó levantarse para demostrárselo, y apenas pudo alzarse unos centímetros de la silla.

–¡Me has dado demasiado vino! –protestó.

–Yo no te he obligado a bebértelo, Georgina. Tú eres la única responsable. Y sé que has bebido tanto porque...

Él se detuvo un momento y añadió:

–Porque no querías venir a cenar conmigo.

–No sé. Supongo que...

Georgie pensó que era verdad, que al principio no quería ir. Pero luego había cambiado de opinión.

–Iré a pagar la cuenta y luego nos marcharemos.

Ella tuvo que apoyarse en Pierre para salir del restaurante. Por suerte, el aire frío le sentó bien y empezó a recuperarse.

Subieron al coche. Minutos después, cuando aparcaron delante de la casa, ella abrió la portezuela y dijo:

–Gracias por la velada.

–Eh, espera un momento. No puedo permitir que camines en ese estado. Podrías tropezar y caerte.

Antes de que pudiera evitarlo, Pierre la tomó en brazos.

–¡Suéltame! –protestó débilmente.

–En cuanto estemos dentro. Dame la llave.

Georgie bostezó y sacó la llave del bolso. Pero no le dio una llave sola, sino todo un manojo, tan grande que parecía contener copias de todas las llaves del pueblo. Hacían tanto ruido al tintinear que él pensó que despertarían a los vecinos.

Era algo típico de ella. Muy poco práctico. Aunque encantador.

Al cabo de unos segundos, encontró la llave adecuada y entraron en la casa. Él cerró la puerta con el pie y encendió la luz, pero no la soltó.

–Café, necesitas un café solo y con mucho azúcar. Y agua. Tienes que beberte una botella por lo menos.

–Yo...

–No te duermas ahora. Si no bebes algo, te despertarás con una reseca tremenda.

Pierre la tumbó en el sofá y volvió unos minutos después con el café y con la botella de agua, que le obligó a beber a sorbos.

–No quiero beber, Pierre –dijo entre hipos–. No estoy tan borracha.

–Bebe...

Él se sentó a su lado para incorporarla un poco. Como estaban muy juntos, su contacto le provocó una buena erección.

–¿Te sientes mejor?

Georgie asintió.

–Será mejor que me marche. Seguro que has notado el efecto que causas en mí.

Ella no se había dado ni cuenta de su erección, a pesar de que era francamente evidente. Pero supo que no quería que se marchara.

Se inclinó sobre él, se le encaramó encima y terminó sentada sobre sus muslos, a horcajadas. Aquello fue demasiado para Pierre. No pudo hacer otra cosa que levantarse y dejarla en el sofá.

Georgie le dedicó una mirada de asombro.

–No me mires así. No creas que no es lo que deseo... Lo es. Ya te he dicho lo que siento por ti. Y ahora debería ser aún más obvio.

–No te vayas. No quiero que te vayas.

–Has bebido demasiado. Tal vez sea un poco anticuado, pero nunca me aprovecho de mujeres borrachas –declaró.

–No se lo contaré a nadie si tú tampoco lo haces...

De repente, Georgie se llevó las manos al top y se lo quitó por encima de la cabeza. Después se desabrochó el sostén, lo tiró al sofá y se giró hacia él.

Esta vez se fijó en su erección. Y él tuvo que cerrar los ojos para mantener la calma.

–Me gusta cómo me miras –dijo ella.

Georgie se levantó y se apretó contra él con intenciones de seducirlo. Pero Pierre la alzó en vilo y se la cargó al hombro como si fuera un fardo.

–Lo siento, Georgie, pero te vas a la cama ahora mismo.

La llevó al dormitorio con gran fuerza de voluntad. Los senos de Georgie le caían sobre el hombro y la sensación no podía ser más desesperante.

Cuando entraron, encendió la luz, terminó de desnudarla y la acostó.

–Voy a traerte más agua.

–Vale.

–Quédate aquí, ¿eh? –dijo, frunciendo el ceño.

Pierre salió corriendo literalmente, bajó los escalones de dos en dos y volvió del mismo modo. Para entonces, ella ya casi estaba dormida.

–Georgie, reacciona...

Georgie abrió los ojos y descubrió, con gran sorpresa, que estaba desnuda de cintura para arriba. Su primera reacción fue cruzar los brazos sobre los pechos.

–Me voy. ¿Cómo te encuentras?

–Mejor, mejor... Tengo un poco de sed, pero eso es todo.

Georgie alcanzó el agua y echó un buen trago.

–No quiero que te vayas, Pierre –insistió.

–¿Por qué? La última vez que hablamos sobre el asunto, dejaste bien claro que yo no tenía ninguna posibilidad contigo.

–Y tú dijiste que la moral y el celibato no son compañeros de cama agradables.

–No, no lo son.

Pierre la miró un momento, como si intentara tomar una decisión. Después, empezó a quitarse la camisa y el pulso de Georgie se aceleró.

–¿Te vas a quedar? –preguntó, ansiosa.

–Voy a asegurarme de que estás bien.

–Nunca he sabido beber. El alcohol me afecta demasiado –confesó ella.

Pierre se quitó la camisa y siguió con los pantalones. Georgie lo miró y pensó que tenía un cuerpo perfecto, de hombros anchos, estómago plano y músculos perfectamente definidos. Debía de pasar mucho tiempo en el gimnasio.

–¿Te gusta lo que ves? –preguntó él con humor.

Él se acercó a la cama y añadió:

–Aparta el edredón. Yo también quiero verte.

Ella obedeció inmediatamente. No sólo no se creyó un objeto sexual, sino que jamás se había sentido tan femenina y tan deseada.

Cuando él se quitó los calzoncillos y se tumbó a su lado, Georgie tuvo la extraña sensación de que acababa de volver a casa, de que había encontrado su verdadero hogar.

–¿Todavía te alegras de que me haya quedado?

Ella sintió.

Pierre empezó entonces a acariciarla, poco a poco, centímetro a centímetro, empezando por sus senos, que succionó apasionadamente hasta que ella se arqueó, gimió de placer y lo excitó más con su reacción.

Después, y sin dejar de lamerla, introdujo una mano entre sus muslos y la empezó a acariciar íntimamente.

–¿Cuándo ha sido la última vez que has hecho el amor? –preguntó él.

–Ya ni me acuerdo. Hace años.

–Puede que me estuvieras esperando inconscientemente. ¿Ha merecido la pena?

–Cada minuto...

Aquellas dos palabras fueron las más eróticas que Pierre había escuchado en toda su vida. Suspiró, la tomó de la mano y se la llevó al cuerpo para darle a entender que a él también le gustaban las caricias.

Su falta de inhibiciones en la cama fue toda una revelación para Georgina. Sabía lo que ella deseaba, sabía cómo lo deseaba y se aseguraba de que cada uno de sus cariños fuera memorable y exquisito. En determinado momento, descendió hasta su estómago, todavía acariciándole los senos, y la besó entre las piernas. A continuación, puso las manos en su trasero para poder atraerla hacia sí y empezó a lamer.

Fue una sensación mucho más intensa de lo que ella había imaginado. Tener a aquel hombre glorioso y fuerte allí, estremeciéndose mientras la devoraba y la lamía una y otra vez, era sencillamente increíble. Y cuando cambiaron de posición para que Georgie le pudiera devolver el favor, sintió la misma pasión desesperada por poseer el cuerpo de Pierre que Pierre por poseer el de ella. No podía creer que hubiera rechazado su amor.

Al cabo de un rato, él pensó en lo más obvio y preguntó si tenía un preservativo a mano.

–No hace falta –dijo ella.

–¿Estás segura, cariño?

Él cerró una mano sobre uno de sus senos y se lo acarició.

–No te detengas ahora, por favor –rogó Georgie.

Pierre se inclinó y succionó el pezón. Ahora estaba en un territorio peligroso. Georgie había dicho que no necesitaba ponerse un preservativo, pero no estaba seguro de que ella utilizara otro método anticonceptivo.

La deseaba tanto que sintió la tentación de arriesgarse. Incluso imaginó que se quedaba embarazada de él y que tenían una preciosa niña rubia de ojos verdes. Pero el sexo era una cosa y la realidad era otra, completamente distinta, así que recobró el buen sentido.

–Hay muchas más formas de satisfacer nuestro deseo –murmuró él–. Y la siguiente vez será aún mejor porque habremos esperado.

Él volvió a acariciarla otra vez entre las piernas, para demostrar la exactitud de su argumento. Ella volvió a alcanzar el orgasmo, y luego, ya a primera hora de la mañana, hablaron de Didi y de sus infancias respectivas.

No era una conversación que mantuviera de forma habitual con las mujeres, pero se sentía muy cómodo; lo cual era especialmente sorprendente si se tenían en cuenta las circunstancias. Estaban allí gracias a su madre, a Didi, y el resto carecía de importancia. Además, Georgie le había dado el amor que durante tanto tiempo le había negado.

Cuando ella preguntó medio dormida por lo que pensaría Didi si se despertaba y no lo encontraba en la casa, él se encogió de hombros.

—Probablemente pensará que lo raro es que no me quedara contigo otras noches —respondió con humor—. Estará encantada, créeme.

—Espero que no demasiado encantada... es capaz de hacerse ilusiones y pensar que nos vamos a casar o algo así.

—No, por Dios, eso no... —dijo, sonriendo—. Pero quiero que sepas que esto es real. Ya no se trata de convencer a mi madre para que crea que estamos juntos. Lo estamos. Y cuando te acaricie o te bese delante de ella, lo estaré haciendo de verdad. Todo será más fácil a partir de ahora.

Georgie oyó sus palabras y cerró los ojos.

Ya no tendrían que fingir. Ahora sería real, como Pierre había dicho.

Era la solución perfecta para su problema. Y con la ventaja de que podían tener una experiencia sexual maravillosa.

Pero en seguida dejó de pensar en esas cosas. Él empezó a acariciarla otra vez y su cuerpo reaccionó con la misma pasión que antes.

En ese momento se sentía tan llena de optimismo que el mañana no le importó.

Capítulo 9

EL DÍA llegó con más cosas de lo que Georgina esperaba. En lugar de dedicarse a la rutina de todos los años y salir a comprar regalos de Navidad para los amigos, montar el árbol y asistir a alguna fiesta donde la mayor diversión era tomar demasiado vino, se dedicó a Pierre.

A lo largo de los días siguientes, su comportamiento fue tan exquisito que ni siquiera la dejaba para trabajar con su ordenador. Estaba tan relajado como ella. A veces, cuando Georgina estaba haciendo algo o se había quedado dormida, aprovechaba la ocasión para encargarse de sus compromisos laborales; pero fue tan sutil que sólo se dio cuenta en dos ocasiones. Y aun así, se disculpó con ella.

Se divirtieron muchísimo. Aunque el clima no acompañaba, hicieron un poco de turismo por la zona y ella se llevó una buena sorpresa al descubrir que sabía más de lo que había supuesto. A fin de cuentas se había pasado casi toda la infancia en el internado.

–Pero no me importaba tanto –le confesó un día–. Era hijo único y en casa me sentía solo porque mis padres siempre estaban trabajando en el campo; en cambio, en el internado tenía amigos.

–Supongo que debió de ser muy difícil para ti...

Él se limitó a responder con uno de sus típicos encogimientos de hombros, que en todo caso, se hacían más y más inusuales a medida que pasaban los días.

Ella estaba encantada. Sabía que más tarde o más temprano tendría que volver a Londres, a su vida frenética y llena de trabajo, pero sólo se preocupaba por disfrutar del momento. Estar con él era maravilloso. Pierre resultó ser un hombre increíblemente atento y lleno de detalles, que ella guardaba en su memoria como si fueran objetos preciosos.

Decidió comprarle un regalo de Navidad. Pero tardó bastante en decidirse porque no quería que fuera un regalo impersonal. Así que pensó en todo lo que sabía de él, calculó lo que podía necesitar y lo que no, y terminó por comprarle un libro. Concretamente, *Las aventuras de Huckleberry Finn*. Él le había confesado que era su libro preferido cuando llegó al internado, y ella se lo imaginó en alguna habitación del edificio, solo y asustado, leyendo con una linterna.

En Nochebuena, después de una semana y media maravillosa, fueron a comer con Didi. La mujer no tuvo que esforzarse mucho para convencerla de que pasara la noche allí, de tal modo que estuviera por la mañana para abrir los regalos. Pero antes, Georgie tenía que pasar por casa para recoger unas cosas y Pierre la llevó en el Bentley.

–Me siento como si me estuviera mudando –dijo ella cuando tomó las bolsas con los regalos que había comprado.

–Lo dudo. Has dejado a las gallinas en el jardín.

Georgie soltó una carcajada.

–Son capaces de alimentarse solas, créeme.

–Pero no comerían tan bien como cuando tú las alimentas. Por cierto, ¿qué llevas en esas bolsas? Parece que pesan una tonelada...

–Nada, sólo regalos. Y un poco de ropa.

Cuando llegaron a la casa de la madre de Pierre, Didi ya estaba durmiendo. Dejaron los regalos en el árbol y luego subieron a la habitación. Él vio la cantidad de ropa que Georgie se había llevado y se llevó una buena sorpresa.

–¡Pero si sólo te vas a quedar a pasar una noche! ¿Cuánta ropa necesitas?

–He traído algo más por si me quedo más de lo previsto –le confesó–. No sería la primera vez que voy a alguna parte pensando que va a ser un viaje breve y me encuentro sin nada que ponerme encima.

–Sí, supongo que es razonable.

Georgie lo miró y preguntó:

–¿Te apetece que te dé un masaje?

–Nunca dejas de sorprenderme –sonrió–. Has resultado ser una mujer verdaderamente sensual. Hasta has renunciado a esos trapos de hippie que sueles llevar.

–Porque ahora no estoy en el colegio y no tengo que vestirme pensando en los niños.

Él la miró con humor y empezó a desnudarse.

–Está bien. Entonces, acepto ese masaje.

Ella contempló su cuerpo y pensó que no se cansaría nunca de mirarlo. Ya estaba excitado, y no sentía incómoda en absoluto. Más bien, todo lo contrario.

Georgie se desnudó a su vez y él le dijo dónde y cómo quería que lo tocara.

—De eso nada, cariño —declaró ella—. La profesora soy yo.

—No lo dudo en absoluto.

Pierre era feliz. Todo aquello era extraordinariamente refrescante para él. Pero sabía que terminaría algún día y que entonces tendría que volver a su vida normal.

—¿Qué has querido decir con eso de que no lo dudas? —bromeó.

—Únicamente, que en la cama eres maravillosa.

Georgie sonrió y empezó a masajearle la espalda.

—No lo sabes bien.

Mientras Georgie se dedicaba a sus músculos, Pierre sintió una punzada repentina de celos. Sabía que ella no estaba saliendo con nadie más, pero tuvo miedo de ser algo pasajero en su vida, una especie de paréntesis tras el que correría en busca de otro periodista como su novio anterior o de un hombre que compartiera sus inquietudes intelectuales.

Se giró en la cama de repente, de tal manera que ella quedó sentada sobre sus caderas, y la acarició. Georgie estaba tan excitada como él, completamente dispuesta. Y olía tan bien que casi le emborrachaba.

Cuando se inclinó hacia delante, Pierre jugueteó con sus pezones y se los succionó. Tenía intención de hablar con ella, no de hacer el amor, pero pensó que la conversación podía esperar.

Se deslizó en la cama, hasta quedarse con la cabeza entre las piernas de Georgie, y empezó a lamerla. Más tarde, cuando ya la había llevado al orgasmo, la tumbó a un lado y la miró con expresión muy seria.

—¿Qué sucede? –preguntó con ansiedad–. Me miras como si quisieras decir algo importante...

—Tenemos que hablar, Georgina.

—¿De qué?

—De ti.

—¿De mí?

—Sí, pero no sé cómo decírtelo...

Ella sintió una mezcla de incertidumbre y pánico.

—¿Que tú no sabes cómo decir algo? –preguntó ella, nerviosa–. Dios mío, eso sí que es una noticia. Tendría que escribirlo en mi diario.

—No tienes experiencia con los hombres, ¿verdad?

—Sí, pero...

—Déjame hablar. Quería decir que tienes poca experiencia, pero eres impulsiva y eso te hace más vulnerable que la mayoría de las mujeres. Así que haces cosas sin pensar antes en las consecuencias.

—No sé de qué estás hablando, Pierre.

—Te arrojas a los brazos de un hombre porque te sientes segura de tus habilidades en la cama y no piensas en lo que te estás metiendo, en las consecuencias emocionales que puede tener –intentó explicarse–. Sólo pretendo decir que debes tener más cuidado. El mundo está lleno de tiburones.

Georgie no supo si sentirse halagada por su preocupación o insultada por la insinuación de que era una vulgar ingenua.

—Sé cuidar de mí misma, Pierre.

—¿En serio? ¿De verdad? –preguntó, mirándola a

los ojos–. Eres una mujer extraordinariamente bella y sexy, Georgie. Podrías tener a cualquier hombre que quisieras, pero... ¿vas a tomar las decisiones correctas?

Georgie pensó en todos los errores que había cometido, incluido el del propio Pierre, y contestó:

–Probablemente no.

–¿Y pretendes tranquilizarme con esa respuesta?

–¿Qué puedo decir? La vida está llena de peligros. ¿Cómo saber cuándo estás con el hombre adecuado y cuándo no? –le preguntó.

Pierre no tenía respuesta para aquella pregunta. De hecho, ni siquiera sabía adónde quería llegar ni qué respuesta esperaba él mismo. Pero le preocupaba sinceramente su bienestar.

–Gracias por los consejos, Pierre. Sin embargo, ¿no crees que podríamos hacer cosas más interesantes en la cama que divagar sobre lo que pueda o no pueda suceder en el futuro? Que pase lo que tenga que pasar. Además, el amor aparece cuando quiere. Y del mismo modo en que puedo encontrarme con un hombre inadecuado para mí, también puedo encontrar a mi hombre ideal.

–¿Y cómo sería tu hombre ideal?

Ella estuvo a punto de contestar que sería como él, pero se contuvo.

–No sé. Un hombre amable, inteligente, considerado y con sentido del humor, supongo.

–Vaya, casi un hombre perfecto...

–No tanto. Además, a mí no me importa el dinero, por ejemplo. Y eso ya es mucho. A veces se es más feliz cuando no se necesita demasiado.

–De modo que estás buscando a un hombre perfecto que sepa reírse de la situación cuando tenga que pedirte dinero prestado para poder comprarte un ramo de flores.

–Bah, está conversación es estúpida...

Georgie le acarició el estómago y sintió la tensión en sus músculos. No sabía por qué se había puesto de un humor tan extraño, pero le entristeció que hablara de ese modo, como si diera por sentado que él no era el hombre adecuado para ella.

–No te preocupes, Pierre.

–Está bien... –se rindió–. Pero antes has dicho que se te ocurrían cosas más interesantes que hacer en la cama. Tal vez me lo puedas demostrar...

Al cabo de unas horas, cuando despertaron, Georgina se encontró ante un paisaje idílico. El hombre del tiempo había dicho que nevaría y no se había equivocado; de hecho, todo estaba de color blanco y todavía estaba nevando.

Pierre abrió los ojos y descubrió que Georgie estaba junto a la ventana, así que se levantó, caminó hacia ella y la abrazó por detrás.

–Feliz Navidad, cariño. ¿Ya te he dicho que tuviste una gran idea al venir con tanta ropa? Pero me gustas más cuando no llevas ropa interior. Prefiero sentir tu cuerpo desnudo –confesó.

–Desgraciadamente, no es muy conveniente cuando hay que ir al servicio. Esta casa está congelada de noche –le recordó.

–Es verdad. Pero cuando te vistes, me cuesta más hacerte esto...

Sus ojos se encontraron en el reflejo de la ventana. Él le introdujo una mano por debajo de la camiseta que se había puesto para dormir y le acarició los pezones hasta que Georgie suspiró, se echó hacia atrás y se apoyó en su cuerpo.

—Alguien podría vernos —dijo.

—¿Cuánta gente crees que estará en el campo, en plena nevada, a estas horas y en el día de Navidad? ¡Oh, mira! ¡Están haciendo cola para verte!

Ella se sobresaltó, pero naturalmente era una broma.

Sin embargo, las intenciones de Pierre no eran ninguna broma en absoluto. Le quitó la camiseta y los dos se quedaron desnudos delante de la ventana.

Georgie gimió y rió al mismo tiempo.

—Tenemos que bajar... seguro que Didi ya está preparando el desayuno. ¡Son más de las ocho!

—Precisamente por eso, seremos rápidos. Aunque me encantaría que fuera de otro modo...

Él la alzó en vilo y la atrajo hacia sí. Ella cerró las piernas alrededor de su cintura y empezó a moverse contra él en cuanto lo sintió en su interior.

El orgasmo fue igualmente intenso para los dos. Tanto, que Georgie deseó poder seguir allí para siempre. Pero no podían, así que se asearon un poco y empezaron a vestirse. Sólo entonces, cuando ya estaban a punto de bajar, ella se sintió insegura, asustada. Se había enamorado. No tenía ninguna duda. Y cabía la posibilidad de que Pierre no fuera el hombre adecuado. Pero si lo era, debía luchar por él.

Pierre bajó unos segundos después. Dejó la puerta abierta y Georgie pudo oír los sonidos procedentes de la cocina. Estaba hablando con Didi, y se preguntó qué habría hecho ella de encontrarse en su caso.

La respuesta era muy fácil. Didi no se habría rendido. Ella aprovecharía hasta el último momento e intentaría hacerse indispensable. Y eso fue lo que decidió. Además, Pierre se iba a quedar en Devon hasta Nochevieja. Lo que pasara después, cuando volviera a Londres, ya se vería.

Cuando por fin bajó, encontró un café y un cruasán en la mesa. Didi estaba preparando el pavo de la comida. Se había empeñado en que era lo tradicional y se negó a cambiar el menú por pescado, como le pidieron Pierre y Georgina.

Ella se sentó a la mesa y desayunó. Al terminar, se acercaron al árbol de Navidad y abrieron los regalos. Pierre se quedó encantado con el libro y Georgie descubrió que le había comprado un reloj antiguo, una preciosidad que habían visto durante uno de sus paseos y que ella no había podido comprar, en su momento, porque no llevaba dinero suficiente.

Después de comer, empezaron a llegar vecinos. Normalmente era la típica situación que aburría a Pierre; pero aquel día se divirtió mucho. Georgie también se dedicó a socializar con la gente. Al cabo de un rato, cuando ella estaba charlando con el sacerdote local, un hombre que llevaba sombrero Panamá y que tenía cierto aire de mafioso, Pierre la miró de un modo tan intenso que automáticamente pensó en los placeres que les esperaban en el dormitorio.

Al ver la sonrisa de Georgie, él volvió a preocuparse. Estaba viviendo un sueño y disfrutaba cada segundo que pasaba a su lado, pero en aquél supo que aquello era más que una relación sexual. Georgie sonreía como una mujer enamorada. Y por mucho que le gustara, Pierre era consciente de que no podían estar juntos. Eran demasiado distintos. Georgie nunca encajaría en su mundo.

Dejó la bebida que se estaba tomando y entró en el despacho de su madre, lleno de libros de jardinería, de cocina y de novelas de detectives, que le gustaban mucho. La mesa era vieja y por supuesto no sostenía ningún ordenador. Didi desaprobaba los artefactos electrónicos.

–El mundo iba muy bien cuando los inventaron –llegó a decirle en cierta ocasión.

Pero era un lugar perfecto para relajarse y pensar.

Veinte minutos después, cuando oyó que los vecinos se marchaban, salió de la habitación y encontró a Georgie y a Didi retirando los platos y las copas de la mesa.

–Tengo malas noticias –las interrumpió–. Mañana debo marcharme a Singapur.

Las mujeres lo miraron con asombro.

–Lo siento, no he podido evitarlo. Intentaré estar de vuelta antes de Nochevieja, pero no sé si podré, mamá... Tendré suerte si sólo tengo que quedarme dos o tres días. No hay nada peor que pasar el Año Nuevo en un avión. Las fiestas no son tan divertidas ni el champán sabe tan bien –dijo, intentando bromear.

En otras circunstancias, Georgie se habría reído. Pero no en aquéllas.

Didi empezó a hacerle todo tipo de preguntas sobre los motivos de su viaje. En cambio, ella no dijo nada. Y cuando su madre se retiró finalmente a su dormitorio, no sin antes pedirles que apagaran las luces del árbol de Navidad, Pierre cerró la puerta de la cocina y decidió ser sincero con Georgie.

—En realidad no me voy a ninguna parte.

—Comprendo.

—¿Seguro? Teníamos un trato, Georgie. Los dos conocíamos los límites de esta relación...

—Los dos los conocemos.

—No, sólo yo. Esta tarde he notado algo en tu cara... esperas más de lo que puedo darte, lo sé —declaró—. Pero por favor, no me mires de ese modo...

—¿De qué modo? —espetó, herida en su orgullo—. Está bien, Pierre. Sé lo que quieres decir y tienes razón. Siento haber roto las reglas del juego. No sé lo que me ha pasado. Al principio me disgustaba todo lo tuyo y después... Supongo que son cosas que pasan. La cabeza nos dice una cosa, y el corazón, otra diferente.

—Entonces entenderás que me marche.

—No, no lo entiendo en absoluto. No voy a pedirte que te comprometas conmigo, ni tienes que huir únicamente porque sepas que siento algo por ti.

—¿Huir? ¡Yo no he huido de nada en toda mi vida! ¡Y mucho menos de una mujer!

—Si eso fuera verdad, te arriesgarías un poco. No te pido nada que no me quieras dar. Soy una mujer adulta y me responsabilizo de las consecuencias de mis actos.

—Pero yo no soy como tú, Georgie. No quiero

arriesgarme por ninguna mujer. Tengo mi trabajo, tengo mi vida y me gustan así. Yo no buscaba una historia romántica. Además, por mucho que me gustes, vivimos en mundos completamente diferentes.

—Quieres decir que yo soy una vulgar campesina y tú un hombre cosmopolita. ¿Verdad?

—Más o menos —confesó, frunciendo el ceño—. Tú misma lo dijiste en más de una ocasión.

—Ya veo. Entonces no hay más que decir. ¿Pero qué le vamos a contar a Didi?

—Déjamelo a mí. Me encargaré de arreglar ese problema.

—Claro.

—Y no derrames lágrimas por mí, Georgie. Es lo mejor para los dos. Tú volverás a tu vida y yo a la mía. Y con un poco de suerte, la próxima vez que nos veamos lo habremos superado y podremos seguir siendo amigos. A fin de cuentas sólo hemos compartido un par de semanas.

—Por supuesto. El tiempo cura todas las heridas —dijo con escepticismo—. Muy bien, Pierre, me marcharé esta noche. Tendrás que explicárselo a Didi por la mañana.

Pierre abrió la boca para decir algo, pero ni el mismo supo qué. Así que se limitó a asentir y a salir de la cocina.

Capítulo 10

PIERRE giró el sillón y miró por la ventana de cristal de su despacho de Londres. Los árboles empezaban a echar hojas y la gente a quitarse los abrigos y los jerséis, así que se preguntó qué llevaría puesto Georgie, cuántas capas se quitaría con el aumento de las temperaturas.

Sacudió la cabeza y pensó en su madre. Didi había pasado por Londres. Había sido su primera visita a la capital en mucho tiempo y Pierre estaba deseando que le diera su opinión sobre el piso donde vivía; pero después de que le diera su aprobación y se sentara a tomar un té con él, la conversación derivó inevitablemente hacia Georgina.

Ya habían pasado tres meses desde su separación y Pierre se había vuelto tan buen hijo que hablaba con Didi dos veces a la semana, pero siempre con cuidado de no mencionar a su ex amante. Sin embargo, a medida que pasaba el tiempo, su curiosidad fue creciendo y empezó a preguntarse cómo le irían las cosas. Le preocupaba que estuviera deprimida, así que al final se lo confesó a su madre. Didi le dijo que Georgie se encontraba bien y él intentó convencerse de que, en cualquier caso, ya no era asunto suyo. Pero no podía dejar de pensar en ella.

Aquella semana, cuando salió con su madre de compras, se interesó otra vez por el estado de Georgie. Mientras Didi miraba una alfombra persa, dejó escapar que estaba saliendo con otro hombre. Pierre no se lo esperaba y fue como si le dieran un puñetazo en el estómago. Le preguntó si creía posible que recuperaran su relación anterior y ella rompió a reír.

–Ha conocido a un hombre encantador. Es músico.

–¿Qué tipo de músico? Seguro que es uno de esos tipos de pelo largo y el cuerpo lleno de piercings y tatuajes.

–Te equivocas. Lo suyo es la música clásica.

Aquello fue demasiado para Pierre. Se sentía tan despechado que, cuando dejó a su madre, cometió el enorme error de llamar por teléfono a Sonya, una abogada con la que había trabajado un par de veces.

Quedaron a comer en un restaurante francés de Chelsea y fue un rotundo fracaso. Sonya intentó impresionarle con lo lista que era y él estuvo educado pero distante. La conversación de la mujer le parecía tediosa. Daba igual lo que dijera. La encontraba egoísta, insensible y carente de sentido del humor.

Pensó en Didi, que a esas horas todavía estaría de camino a Devon en el Bentley, que conducía su chófer, y maldijo su suerte. Al menos, su madre se había divertido. Al final había comprado dos alfombras porque no podía decidirse por una en concreto y un montón de regalos para Georgie, quien seguramente los compartiría con su novio nuevo.

No podía creerlo. Habían pasado tres meses y todavía pensaba en ella.

En ese momento tomó una decisión. Aunque su madre se hubiera llevado el Bentley, él no tenía nada en contra del transporte público. De hecho, prefería ir a Devon en tren, porque así tendría tiempo de pensar. Y de intentar encontrar una solución a su problema.

Salió del despacho a toda prisa y dominado por la necesidad de ver a Georgie. Podría haber ido en el helicóptero de la empresa, pero no quería perder el tiempo con papeleo y por otra parte era verdad que prefería valorar la situación.

Varias horas después, el tren lo dejó en mitad de una tormenta. Sólo llevaba camisa y corbata porque había dejado la chaqueta en el despacho, y no se podía decir que estuviera precisamente preparado para la lluvia.

Durante unos segundos, estuvo tentado de subir de nuevo al tren. Pero sólo durante unos segundos. Después, se encogió de hombros, subió a un taxi y dio la dirección de la casa de Georgie.

Tardó quince minutos en llegar, y lo hizo en el preciso momento en que un hombre de cabello negro y sin ningún tatuaje a simple vista salía del edificio. Debía de ser el músico en cuestión.

Georgie ni siquiera le dio un beso de despedida, pero eso no evitó que se sintiera terriblemente celoso.

Pagó al taxista, salió del vehículo y caminó hacia la casa. Ella le vio enseguida y lo miró con asombro. Pero no le cerró la puerta en las narices, aunque seguramente le habría apetecido.

–Hola, Pierre, qué sorpresa... ¿Cómo estás? ¿Has

venido con Didi? Me dijo que volvería en el Bentley, con tu chófer.

–¿No vas a invitarme a entrar?

–Bueno, es que estaba a punto de corregir unos exámenes. No es un buen momento, Pierre.

Él caminó hacia ella, la miró con intensidad y entró en la casa de todas formas. Estaba desesperado. La había echado muchísimo de menos. Había extrañado su risa, sus bromas, su cabello permanentemente rizado y revuelto, como si estuviera en guerra contra todo y contra todos. Aquel día, Georgie llevaba unos vaqueros desgastados y una camiseta de manga larga. Y tuvo que hacer un esfuerzo para controlarse y no desnudarla allí mismo.

–¿Quieres beber algo? –preguntó ella a regañadientes–. Puedo preparar un café rápido.

–Sí, un café estaría bien.

Georgie se dirigió a la cocina y él la siguió.

–Tendrás que darte prisa, Pierre. He sido sincera al decir que tengo trabajo.

–¿Sabes una cosa? Olvida lo del café. Sólo quiero saber qué has estado haciendo –dijo, cruzándose de brazos–. Hoy, por ejemplo.

–¿Cómo?

–¿Qué has estado haciendo hoy? No voy a pedirte detalles de los tres meses que han pasado desde la Navidad.

–¿Hoy? No sé, supongo que lo de siempre...

–Ya, claro. ¿Y no has tenido visitas? ¿O más bien, una visita en concreto?

–No sé de qué estás hablando.

–¿Ah, no? –se burló–. No me mires con esa cara de niña inocente. Didi me lo ha contado todo.

—¿Todo?

—Sí. Me ha hablado de ese músico, así que no intentes negarlo. Además, le he visto cuando salía de tu casa.

Ella no dijo nada.

Por primera vez en mucho tiempo, Pierre se sentía vulnerable. Ahora sabía que se había enamorado de Georgie y estaba dispuesto a tragarse el orgullo y a confesarle sus sentimientos aunque no sirviera de nada. A fin de cuentas, el amor también consistía en eso: en derrumbar los muros y confiar la vida a otra persona.

—Yo... —intentó decir—. Yo... No se por dónde empezar, Georgie. He venido porque no puedo soportar la idea de que estés con otro hombre.

—¿Te refieres a Michael?

—Me da igual cómo se llame.

—¿Me estás diciendo que estás celoso? No te creía capaz de sentir celos.

—Pues parece que te has equivocado.

—Vamos a ver si lo entiendo. No quieres estar conmigo, pero tampoco quieres que yo esté con otra persona.

—Eso sólo es cierto en parte.

—¿En qué parte?

—En que no quiero que estés con nadie más. Me he enamorado de ti.

Ella se quedó boquiabierta.

—¿Que te has enamorado de mí?

—Sí, pero ya he dicho lo que tenía que decir y no voy a rogar. Yo... ese tipo... Dios mío, Georgie, dijiste que me amabas...

Georgie lo tomó de la mano y dijo:

—Me gustaría enseñarte una cosa. Ven conmigo.

Georgie le llevó al salón y el vio el piano que estaba junto al balcón del jardín.

—¿Te ha regalado un piano? ¿Eso es lo que me quieres enseñar? —preguntó con amargura.

—El piano es mío, y Michael sólo es mi profesor. Necesitaba concentrarme en algo cuando me dejaste. Necesitaba distraerme.

—¿Es tu profesor de piano? Pero Didi dijo que...

—Bueno, es posible que haya exagerado un poco con la descripción de la relación que mantenemos —dijo con humor—. Pierre... ¿cómo has podido pensar que podía enamorarme de otro hombre? Es a ti a quien quiero.

Él le besó la mano, cerró los ojos un momento, la llevó al sofá y declaró:

—Te he echado tanto de menos... No he dejado de pensar ni un solo segundo en ti. Creí que me acostumbraría, pero no es cierto. Intentaba convencerme de que había hecho lo correcto y cada vez me sentía peor. Luego vino Didi, me contó lo de tu músico y sentí que el mundo se hundía bajo mis pies. La idea de que puedas estar con otro hombre me pone enfermo.

—Y aquí estás...

—Sí, tenía que verte. Por primera vez en mi vida, no tengo el control de mis emociones. De hecho creo que lo perdí cuando te presentaste en el gimnasio. Me sacaste de la seguridad de mi vida y de mi trabajo y perdí el deseo de volver a ellos. Me he pasado todo el viaje en tren dudando entre confesarte mi amor y asesinar a ese músico.

Georgie rió.

—A Michael le habría parecido muy divertido. Entre otras cosas, porque es homosexual.

—¿En serio? ¿Y Didi lo sabe?

—No, sólo sabe que me da lecciones de piano. Es evidente que se inventó lo de que era mi novio por alguna razón retorcida... Pero me alegra que lo hiciera. De otro modo, no habrías venido —respondió.

—Te equivocas. Mi vida era un desastre. Me faltabas, y tu ausencia me dolía tanto que no lo habría podido soportar mucho más —afirmó—. ¿Y bien? ¿Qué me dices? ¿Te casarás conmigo?

—¡Por supuesto que sí!

Todo resultó más fácil de lo que había supuesto. Didi pasó a verlos aquella noche y confesó que tal vez había exagerado un poco al hablarle del músico, con intención de provocar a Pierre y conseguir la reacción que buscaba.

Y la reacción que buscaba se produjo seis semanas después, cuando se casaron. Georgie llevaba un vestido sencillo, de color perla, y a la ceremonia asistieron todos los niños de su clase. Iba a dejar el colegio, pero no para marcharse a Londres; tanto ella como el propio Pierre habían decidido que la capital no era el lugar más adecuado y habían comprado una casita en un pueblo a las afueras de Wincester. Así podrían visitar a Didi con frecuencia y ella podría ir a verlos.

Naturalmente, Pierre era tan eficaz en cuestiones de negocios que sólo tardó unos días en conseguir la propiedad. Cualquier otra persona habría tardado meses, pero él era tan insistente como rico, y sólo tuvo que desembolsar las cantidades pertinentes en los lugares adecuados.

Ahora, hasta tenían la casa de sus sueños.

—Puedes llevarte las gallinas si quieres —dijo él cuando por fin estuvieron en el jardín de su nuevo hogar—. A los niños les gustarán...

—¿A los niños? Querrás decir al niño —puntualizó.

Habían dejado de usar métodos anticonceptivos y la naturaleza les había dado una alegría antes de lo que esperaban.

—Bueno, eso ya se verá —dijo él.

Estaba deseando ver a los niños en el jardín de la casa, jugando. Y sabía que ella también lo deseaba.

Se acercó a ella y la abrazó por detrás. Georgie se apoyó en él y suspiró.

La luz de la luna la iluminaba. Por fin se habían podido marchar de luna de miel y se encontraban en la isla más paradisíaca del océano Índico.

—Se te empieza a notar el embarazo —murmuró—. Estás muy sexy.

Georgie rió y se giró hacia él.

—¿Qué intentas decirme?

—No sé. Tal vez que las vistas serán más bellas dentro de una hora... cuando haya demostrado a mi mujer lo mucho que me gusta y lo guapa que está embarazada.

Pierre metió las manos por debajo de su top de algodón. No llevaba sostén, y eso le encantaba. Cerró las manos sobre sus suaves senos y se los acarició con dulzura hasta que ella echó la cabeza hacia atrás, excitada.

—¿He conseguido tentarte? —preguntó.

Georgie asintió lentamente.

Pierre tenía razón. Las vistas podían esperar hasta más tarde. Ahora necesitaba que la acariciara y que le succionara los pezones, cada vez más grandes y oscuros. Necesitaba sentir sus dedos y su boca entre las piernas.

El paraíso no estaba hecho únicamente de paisajes maravillosos, aguas cristalinas y arenas finas y blancas. El paraíso estaba donde estuviera él. Y siempre lo estaría.

Bianca™

Una amante virgen a las órdenes del jeque

El jeque Khalifa estaba aburrido de las posibles esposas que desfilaban ante él. Por eso cuando descubrió a la dulce e inocente Beth Torrance en la playa del palacio, recibió tan agradable distracción con los brazos abiertos…

Beth había llegado a la isla siendo virgen e ingenua, pero se marchó con una gran esperanza… y con el futuro hijo del jeque en su vientre. Cuando el sultán del desierto juró que tendría a su heredero y que convertiría a Beth en su amante permanente… ella no pudo hacer otra cosa que acatar el mandato real.

El sultán del desierto

Susan Stephens

Jazmín™

Atracción irresistible
Donna Alward

Buscaba una vida tranquila... y se enamoró de un agente de la ley

Maggie Taylor quería una vida sencilla, ordenada y sin riesgos... hasta que abrió la puerta de su pequeño hotel de montaña y se encontró con un desconocido moreno y peligroso.

Nate Griffith le ofrecía todo un mundo de placer. Pero el policía no buscaba un lugar en el que descansar porque tenía una misión que cumplir. A Maggie le daba miedo que Nate pusiera su vida en peligro día tras día, por eso intentó resistirse con todas sus fuerzas a lo que sentía por él. Pero había cosas a las que ningún corazón era inmune.

Deseo™

Millonario de incógnito

Mary McBride

El plan de Libby Jost de salvar la residencia familiar acababa de topar con un obstáculo: un atractivo desconocido llamado David que tenía un lado muy generoso y una gran habilidad para distraerla. ¿Y cómo iba a concentrarse si él le hacía perder el sentido con un simple beso?

El millonario David Halstrom deseaba algo que era de Libby. Debería haber sido un negocio muy sencillo... pero entonces él mintió. Ahora, en un torbellino de pasión y de sábanas de hotel, esa pequeña mentira podía costarle lo único que nunca podría comprar: el amor de Libby.

Las mentiras podrían arrebatarle lo que más quería

¡YA EN TU PUNTO DE VENTA!